FC6年1組

クラスメイトはチームメイト！一斗と純のキセキの試合

河端朝日・作
千田純生・絵

集英社みらい文庫

FC《エフシー》6年《ねん》1組《くみ》のメンバー

FC6-1 2 田上《たがみ》蓮《れん》

クラスで一番《いちばん》背《せ》が高《たか》い男《おとこ》の子《こ》。だれにでも気《き》さくに接《せっ》する、転校生《てんこうせい》の純《じゅん》のよき理解者《りかいしゃ》。

FC6-1 10 日向《ひなた》純《じゅん》

転校生《てんこうせい》の天才《てんさい》ストライカー。これまでであったことのないＦＣ《エフシー》６年《ねん》１組《くみ》の不思議《ふしぎ》なチームワークを信《しん》じている。

FC6-1 1 神谷《かみや》一斗《いっと》

負《ま》けずぎらいの熱血《ねっけつ》キーパー。アツい気持《きも》ちを胸《むね》に、すべてをかけてゴールを守《まも》りぬく主人公《しゅじんこう》。

FC6-1 4 杉本《すぎもと》学《まなぶ》

運動《うんどう》は苦手《にがて》だけど、だれもが認《みと》める努力《どりょく》家《か》。メガネがトレードマーク。

FC6-1 7 久野《くの》翔太《しょうた》

ちょっとぶっきらぼうな少年《しょうねん》。母子家庭《ぼしかてい》で育《そだ》ち、６年《ねん》１組《くみ》はもうひとつの家族《かぞく》だと思っている。

対戦《たいせん》チーム
刀木《かたなぎ》ＳＣ《エスシー》

FC6-1 3 篠原大和《しのはらやまと》

まじめでしっかり者《もの》のディフェンダー。一斗《いっと》のことを尊敬《そんけい》していて、力《ちから》になろうと奮闘《ふんとう》する。

FC6-1 6 中沢勇気《なかざわゆうき》

ＦＣ《エフシー》６年《ねん》１組《くみ》のたよれる主将《しゅしょう》。仲間《なかま》に指示《しじ》をだす冷静《れいせい》さと、ぜったいにあきらめない根性《こんじょう》アリ。

刀木SC 9 坂崎光一郎《さかざきこういちろう》

Ｊ《ジェイ》リーグのジュニアユースのスカウトも注目《ちゅうもく》している刀木《かたなぎ》ＳＣ《エスシー》のエースストライカー。一斗《いっと》と純《じゅん》の実力《じつりょく》を認《みと》めている。

FC6-1 5 瀬尾陽介《せおようすけ》

クラス一《いち》のお調子者《ちょうしもの》。どんなときでもみんなを明《あか》るくするムードメーカー。

白川円香《しらかわまどか》

いつでも笑顔《えがお》をたやさないチームのマネージャー。得《とく》意《い》なことはケガの手当《てあ》て。

もくじ

プロローグ

勝《か》つしかない戦《たたか》い

8人《にん》でひとつの円《えん》になる。

「……いいか、みんな」

チームメイトの顔《かお》を見《み》て、おれは言《い》う。

「この試合《しあい》に勝《か》たないと、このチームはバラバラになる。ぜったい勝《か》つ。それしかない」

みんなは、こくっとうなずく。

気合《きあ》いのはいったその顔《かお》に、迷《まよ》いはない。

「勝《か》つぞッ！」

おうッ！

声《こえ》と、気持《きも》ちをそろえる。それから、みんなはグラウンドに散《ち》らばっていく。

そのなかで、背番号《せばんごう》10をつけるチームメイトがおれに声《こえ》をかけてくる。

「一斗《いっと》。ついにはじまるね」

「――純《じゅん》」

「たぶん、僕《ぼく》たちが勝《か》つと思《おも》っている人《ひと》は、いないんだろうね」

「……そうかもしれないな」

むこうは、負《ま》け知《し》らずの最強《さいきょう》チーム。

こっちは、負《ま》けっぱなしの弱小《じゃくしょう》チーム。

「それでも、この試合《しあい》は勝《か》たなきゃいけない」

おれは、自分《じぶん》に言《い》い聞《き》かせるようにつぶやいた。

純《じゅん》は、にこにこした顔《かお》で聞《き》いてくる。

「どう？　緊張《きんちょう》する？」

「少《すこ》しな。でも、同《おな》じくらいワクワクしているんだ」

「……うん。僕《ぼく》も、すっごく楽《たの》しみ」

純《じゅん》は笑顔《えがお》のまま、拳《こぶし》をつきだしてきた。

「うしろはまかせたよ、一斗《いっと》。きみがゴールを守《まも》ってくれ」

おれも同《おな》じように、拳《こぶし》をつきだす。

「前《まえ》はまかせたぞ、純《じゅん》。おまえがゴールをうばってこい」

そして、2人《ふたり》で拳《こぶし》をあわせた。

「勝《か》つぞ。6年《ねん》1組《くみ》のサッカーで」


おれはゴールの前《まえ》に立《た》つ。

ほおをたたいて気合《きあ》いをいれる。


おれが、みんなのゴールを守《まも》るんだ……！


チームの運命《うんめい》をかけた、負《ま》けられない試合《しあい》。

この戦《たたか》いは、ほんの2週間前《しゅうかんまえ》からはじまったんだ……。

これは、とあるひとつのクラス、そして、サッカーチームの物語《ものがたり》。

第《だい》1章《しょう》

弱《じゃく》小《しょう》サッカーチームの救《きゅう》世《せい》主《しゅ》は転《てん》校《こう》生《せい》

「ちくしょう……、ちくしょうっ！」

ドンッ！　地面《じめん》に、拳《こぶし》をたたきつける。

「みんな、ごめん……。また、守《まも》れなかった……！」

くやしさに、声《こえ》がふるえる。こらえても、涙《なみだ》がでてしまう。

「一斗《いっと》。おまえだけのせいじゃない。ほら、いこう」

チームメイトがおれの肩《かた》を抱《だ》いてくれた。

そんななか、まわりからは冷《ひ》ややかな声《こえ》が聞《き》こえてくる。

「なんだよ、あのキーパー。練習試合《れんしゅうじあい》に負《ま》けて泣《な》くなんて、みっともないな」

「神谷一斗《かみやいっと》だろ？　あいつ、試合《しあい》に負《ま》けるたびに泣《な》くから、ある意味有名《いみゆうめい》だよな」

「負《ま》けっぱなしの、お荷物《にもつ》チームのくせに」

「あんな弱小《じゃくしょう》チーム、試合《しあい》をするだけムダだって」

おれたちはなにも言《い》わずに、グラウンドをあとにした……。

FC6-1
1

東京《とうきょう》とは思《おも》えないくらい、見《み》わたすかぎり山《やま》だらけの田舎《いなか》、佐津川市《さつかわし》。

そのさらにはずれにある、山ノ下小学校《やまのしたしょうがっこう》。名前《なまえ》のとおり山《やま》の下《した》にある、小《ちい》さな小学校《しょうがっこう》だ。

そんな学校《がっこう》の6年生《ねんせい》のクラスのみんなでつくった、サッカーチーム。

それが、おれたちFC《エフシー》6年《ねん》1組《くみ》。

チームのみんなはサッカーが大好《だいす》きだ。勝《か》つために全員《ぜんいん》で必死《ひっし》に練習《れんしゅう》している。

……これで8人《にん》そろえば、きっといい試合《しあい》ができるのに。


おれたちのチームは、メンバーが1人《ひとり》足《た》りない。

8人制《にんせい》の試合《しあい》に、7人《にん》でいどんでいる。

いつも1人少《ひとりすく》ないところをねらわれて、点《てん》を取《と》られてしまう。点《てん》を取《と》りかえそうとしても、やっぱり人数《にんずう》が足《た》りない。

だから試合《しあい》をしても、おれたちは負《ま》けてばかりいる。

そのせいで、さっきみたいにほかのチームから「弱小《じゃくしょう》」「お荷物《にもつ》チーム」「泣《な》き虫《むし》キーパー」なんて、バカにされる。……「泣《な》き虫《むし》キーパー」は言《い》われていなかったか。
とにかく、そんなことを言《い》わせないためにも、試合《しあい》に勝《か》とうときめていた。
……でも、FC《エフシー》6年《ねん》1組《くみ》は、今日《きょう》の練習試合《れんしゅうじあい》にも勝《か》つことができなかった。

ちくしょう……。また、負《ま》けちまった。

あと1人《ひとり》。あと1人《ひとり》でいいんだ。

メンバーがいてくれたら……。

「みんな、おつかれさま」
ジャージを着《き》たおじさんがおれたちに声《こえ》をかけてきた。
この人《ひと》は、佐津川市《さつかわし》の少年《しょうねん》サッカー協会《きょうかい》で強化委員《きょうかいいいん》をやっている、松木《まつき》さん。負《ま》けてばかりのおれたちのことを、いつも気《き》にかけてくれる。

「今日《きょう》は、どうだったかな？」

「……負《ま》けました」

「そうか……」

本気《ほんき》でくやしがってくれる松木《まつき》さんに、むりやり笑《わら》ってみせる。

「つ、つぎは、勝《か》ってみせます！」

「……そのこと、なんだが」

松木《まつき》さんは申《もう》し訳《わけ》なさそうに、こう言《い》った。

「……つぎが、FC《エフシー》6年《ねん》1組《くみ》の最後《さいご》の試合《しあい》になるんだ……」

「――え？」

おれたちは言葉《ことば》を失《うしな》った。

「協会《きょうかい》でFC《エフシー》6年《ねん》1組《くみ》のことが話《はな》しあわれ、きみたちにはとなり町《まち》のサッカークラブにはいってもらいたい、という結果《けっか》になったんだ」

「ど……どうしてですか？」

おれは、松木《まつき》さんにたずねる。

松木《まつき》さんは言《い》いにくそうに、答《こた》えてくれた。

「もう負《ま》けをつづかせないためにもチームをうつるべき、というのが、協会《きょうかい》の考《かんが》えなんだ」

「そんな……」

松木《まつき》さんは、おれたちに頭《あたま》をさげた。

「きみたちが人数《にんずう》が足《た》りないなかでがんばってきたことは、よくわかっている。だからこそ、チームをうつるということを前向《まえむ》きに考《かんが》えてほしい」

みんなは顔《かお》を見《み》あわせる。

「……僕《ぼく》は、いやです……」

真《ま》っ先《さき》に言《い》ったのは、メガネをかけたチームメイト、杉本学《すぎもとまなぶ》だった。

「クラスのみんなとのサッカーが、楽《たの》しいから……別《べつ》のチームにいくのは、いやだ……」

学《まなぶ》の言葉《ことば》に、全員《ぜんいん》でうなずいた。このチームがなくなるなんて、考《かんが》えられない。

「チームをうつるのは、わるいことばかりじゃないよ」

松木《まつき》さんがおれたちに明《あか》るく言《い》う。

「新《あたら》しいチームにはいれば、クラス以外《いがい》にもサッカーをする仲間《なかま》ができる。人数《にんずう》が多《おお》いクラブではチーム内《ない》の競争《きょうそう》もあるから、サッカーがもっと楽《たの》しくなるはずだ」

「そう言《い》われても……」

受《う》けいれられないおれに、松木《まつき》さんはこんなことを言《い》った。

「それに、協会《きょうかい》の役員《やくいん》をやっている刀木《かたなぎ》SC《エスシー》のコーチが、神谷《かみや》くんにチームにきてほしい、と言《い》っていたよ」

おれは耳《みみ》をうたがった。刀木《かたなぎ》SC《エスシー》は、佐津川市内《さつかわしない》では負《ま》け知《し》らずのサッカーチーム。ひとつの学年《がくねん》で選手《せんしゅ》が30人以上《にんいじょう》いる。整備《せいび》された専用《せんよう》のグラウンドがある。元《もと》プロ選手《せんしゅ》の指導者《しどうしゃ》もいる。なにもかもおれたちとは正反対《せいはんたい》の、強豪《きょうごう》チームだ。

そのチームに、おれが……？

「……でも、刀木《かたなぎ》SC《エスシー》にいくと、みんなとはバラバラになるんですよね？」

松木《まつき》さんは、おれの肩《かた》に手《て》をおいた。

「チームがなくなることはつらいと思《おも》う。しかし、新《あたら》しいスタートだと思《おも》って、ふみだしてみてくれないかな……？」

松木《まつき》さんが、おれたちのことを思《おも》ってくれているのはわかる。もしかしたら、松木《まつき》さんの考《かんが》えかたが正《ただ》しいのかもしれない。――それでも、

「……おれたちFC《エフシー》6年《ねん》1組《くみ》は、ただのチームじゃないんです」

口《くち》をついて、言葉《ことば》がでる。

「おれたちは、うれしいことも、かなしいことも、サッカーの楽《たの》しさも、試合《しあい》で負《ま》けたくやしさも、全部《ぜんぶ》いっしょに味《あじ》わってきた、家族《かぞく》のような存在《そんざい》なんです。だから……」

おれはしっかりと松木《まつき》さんの目《め》を見《み》て、思《おも》いをつたえる。

「試合《しあい》に勝《か》った喜《よろこ》びも、家族《みんな》といっしょに感《かん》じたい……！」

いまは負《ま》けてばかりだけど。
まわりの人《ひと》からバカにされているけど。
勝利《しょうり》の喜《よろこ》びをみんなと味《あじ》わうまで、
あきらめて、たまるか……！

「……ほかのチームでも、一生懸命《いっしょうけんめい》がんばればきっと勝《か》てるようになるよ」

松木《まつき》さんはおれたちをはげますように、そう言《い》った。

……そうじゃない。ＦＣ《エフシー》６年《ねん》１組《くみ》じゃなきゃ、ダメなんだ。

同《おな》じ病院《びょういん》で生《う》まれて。
同《おな》じ町《まち》で育《そだ》って。
同《おな》じ場所《ばしょ》で待《ま》ちあわせして。
同《おな》じ幼稚園《ようちえん》で遊《あそ》んで。
同《おな》じ小学校《しょうがっこう》に入学《にゅうがく》して。
同《おな》じ教室《きょうしつ》にかよって。
みんながそろって。
泣《な》いたり。
笑《わら》ったり。
ときにはケンカしたり。
それでもいつもいっしょに。
同《おな》じボールをみんなで追《お》いかけて。
同《おな》じ毎日《まいにち》を、いっしょにすごしてきた。

――ここにしかいない仲間《なかま》と、同《おな》じチームでいたい。

「松木《まつき》さん。協会《きょうかい》の人《ひと》たちに、つたえてもらいたいことがあります」

「ん？」

おれは声《こえ》を大《だい》にする。

「もう一度《いちど》だけ、チャンスをください！」

「え？」

びっくりしている松木《まつき》さんに、おれはつめ寄《よ》る。

「2週間後《しゅうかんご》の練習試合《れんしゅうじあい》でおれたちが勝《か》ったら、FC《エフシー》6年《ねん》1組《くみ》をなくさないでください！」

おれは納得《なっとく》してもらうために必死《ひっし》で、ついこう言《い》ってしまった。

「もし負《ま》けたら、言《い》われたとおりにチームをうつって、おれは刀木《かたなぎ》SC《エスシー》にいきます！」

……とんでもない約束《やくそく》をしてしまった。

7人《にん》しかいない、負《ま》けっぱなしのおれたちが、2週間後《しゅうかんご》の練習試合《れんしゅうじあい》で勝《か》たなければならない。

負《ま》けるとちがうチームにはいることになって、FC《エフシー》6年《ねん》1組《くみ》が、なくなってしまう。

言《い》いだしっぺはおれだ。それでも、冷静《れいせい》に考《かんが》えると不安《ふあん》になる。

1人《ひとり》足《た》りないおれたちが、本当《ほんとう》に勝《か》てるのだろうか……?


もやもやした気持《きも》ちのまま、おれは山ノ下小学校《やまのしたしょうがっこう》についた。気分《きぶん》を晴《は》らすためにも、サッカーがしたかった。

校門《こうもん》をくぐると、いままさに満開《まんかい》の巨大《きょだい》な桜《さくら》の木《き》が、おれをむかえる。

その桜《さくら》のむこうに、校庭《こうてい》が見《み》えてくる。

するとそこでは、1人《ひとり》の見知《みし》らぬ少年《しょうねん》がサッカーボールをリフティングしていた。

その少年《しょうねん》は、足《あし》や太《ふと》もも、胸《むね》、頭《あたま》など、体《からだ》のいろいろな場所《ばしょ》で器用《きよう》にボールをはずませている。そしてなにより、ボールを一度《いちど》も地面《じめん》に落《お》とさない。

「……あっ、こんにちは！」

その少年《しょうねん》は校庭《こうてい》にきたおれを見《み》て、あいさつをしてきた。にこっと明《あか》るく笑《わら》うと女《おんな》の子《こ》にも見《み》えるような、キレイな顔《かお》つきだった。

「僕《ぼく》、このあたりに引《ひ》っ越《こ》してきたんだ！　6年生《ねんせい》の、日向純《ひなたじゅん》。よろしく！」

少年《しょうねん》はおれと同《おな》い年《どし》だった。

自分《じぶん》のことを「僕《ぼく》」と呼《よ》んだから、男子《だんし》だろう。

おれも自己紹介《じこしょうかい》をしようとする。

「よろしく。おれは……」

しかし純《じゅん》はおれが名前《なまえ》を言《い》う前《まえ》に、話《はな》しはじめた。

「ねぇねぇ、いっしょにサッカーしようよ！　そのユニフォーム、きみってもしかしてキーパー？　だったら、シュートを受《う》けてくれないかな？　ちょっとでいいんだ！」

まだ初《はじ》めて話《はな》して3秒《びょう》くらいなのに、純《じゅん》はおれにむかって手《て》をあわせてくる。

その強引《ごういん》さに、おれはうなずくしかなかった。

「い、いいけど」

「ほんとっ？　ありがとう！」

純《じゅん》が心《こころ》からうれしそうに笑《わら》った。……笑《わら》うとやっぱり女《おんな》の子《こ》みたいだ。

おれはゴールの前《まえ》に立《た》つ。20メートルくらいはなれたところで、純《じゅん》が大《おお》きく手《て》をふる。

「いくよー！」

純《じゅん》がボールを前《まえ》にだす。右足《みぎあし》をふりあげて、ボールをけった。

けった、はずだった。

ボールは純《じゅん》の足元《あしもと》から、消《き》えた。


「え？」

おれは消《き》えたボールをさがす。

「…………」

ボールはすぐに見《み》つかった。

おれのうしろのゴールネットに、つきささっていた。

ボールが消《き》えたわけじゃない。純《じゅん》のシュートが速《はや》すぎて、消《き》えたように感《かん》じたんだ。

「おーい、キーパーくん！　ボール、ちょうだい！」

純《じゅん》は大《おお》きな声《こえ》でおれに言《い》う。

「あ、あぁ」

おれはボールを投《な》げてかえす。すぐに身《み》がまえて、純《じゅん》のシュートに集中《しゅうちゅう》する。

――それから、純《じゅん》は10本《ぽん》くらいシュートをうった。

おれは純《じゅん》がけったボールに、さわることもできなかった。なんとかさわったとしても、あまりに強力《きょうりょく》なシュートに手《て》がはじかれてしまった。

けっきょく、おれは1本《ぽん》も純《じゅん》のシュートを止《と》められなかった。

「ふうっ。そろそろ、帰《かえ》ろうかな」

純《じゅん》がボールをひろいあげて、そう言《い》った。

「ごめんね！　むりやりつきあわせちゃって」

おれにぺこりと頭《あたま》をさげてから、純《じゅん》は帰《かえ》ろうとする。

「――もう、1本《ぽん》」

おれはとっさに、純《じゅん》を呼《よ》び止《と》めていた。

「へ？」

ふりむく純《じゅん》に、おれは言《い》った。

「もう1本《ぽん》！　止《と》められないまま、終《お》わってたまるか！　つぎこそ、止《と》めてやる……！」

「……オッケー」

おれの言葉《ことば》に、純《じゅん》はゴールにむきなおった。

「じゃあ、どんどんいくよっ！」

それから何十本《なんじゅっぽん》、純《じゅん》にシュートをきめられたのだろうか。途中《とちゅう》で数《かぞ》えるのをやめた。

純《じゅん》は、まさにサッカーの天才《てんさい》だった。

弱《よわ》まることのないすさまじく強力《きょうりょく》なシュートをけることができる、キック力《りょく》がある。

手《て》がとどかないコースを正確《せいかく》にねらうことができる、テクニックもある。

こんな選手《せんしゅ》はいままで見《み》たことがない。

そしておれは、純《じゅん》がうってくる天下一品《てんかいっぴん》のシュートに何度《なんど》も食《く》らいつく。ゴールをきめられても、何度《なんど》だって立《た》ちあがる。

「はぁ、はぁ……」

だんだん息《いき》が切《き》れてきた。足《あし》も、腕《うで》も、ずしりと重《おも》い。

さらに、ズキズキとひざがいたむ。とびこんだときにすりむいたみたいだ。

いたい。つらい。苦《くる》しい。

でも。

どうしてだろう。自然《しぜん》と笑《わら》ってしまう。

いたいし、つらいし、苦《くる》しいのに、楽《たの》しくてしょうがない。

体《からだ》だって思《おも》いどおりに動《うご》かない。なのにおれは、純《じゅん》にボールをわたしている。

「ぜったい……止《と》める！」

あたりは暗《くら》くなりはじめている。けれど、そんなこともどうだっていい。

学校《がっこう》にきたときのもやもやした不安《ふあん》も、いつのまにか忘《わす》れている。

このすごいシュートを止《と》めたい。いまはそれしか考《かんが》えられない。

「……いくよ！」

呼吸《こきゅう》をととのえてから、純《じゅん》がシュートをうった。

ボールはちゃんと見《み》えている。

おれはボールにむかってとびこんだ。両手《りょうて》に力《ちから》をこめて、ボールをつかみとる。

ぜったいに、はなすものか！

いきおいあまって、おれは顔《かお》から地面《じめん》にすべりこんだ。

いたみに顔《かお》をしかめながら、うっすらと目《め》を開《あ》ける。

ボールは、おれの手《て》のなかにあった。

「よっ……しゃあぁ！」

よっしゃあぁぁぁ
FC6-1
1

おれは、空《そら》にむかって大声《おおごえ》でさけんだ。

何十本《なんじゅっぽん》もシュートをきめられて、
そのなかでたった1本《ぽん》止《と》めただけ。

それでも、めちゃくちゃうれしい。

力《ちから》をつかいきったおれは、あおむけにたおれたまましばらく動《うご》けなかった。

「――止《と》められちゃった。くやしいなぁ……！」

純《じゅん》がそう言《い》いながら、おれの横《よこ》に座《すわ》った。

「全部《ぜんぶ》で、53本《ぼん》シュートをうったから、52対《たい》1だね。ちぇっ」

「……今日《きょう》は試合《しあい》をやったあとだったんだ。体力《たいりょく》がのこっていたら、もっと止《と》められた」

「いーや。今度《こんど》やったら、1本《ぽん》だって止《と》めさせないよ」

「だったらおれだって、1本《ぽん》もきめさせないようなキーパーになってやる！」

2人《ふたり》して言《い》いあって、それから2人《ふたり》同時《どうじ》に、ぷっとふきだした。

「つかれたぁ……。でも、楽《たの》しかったよね？」

「あぁ。すごく楽《たの》しかった」

おれがそう言《い》うと、純《じゅん》は満足《まんぞく》そうにうなずいた。

「キーパーくん。今日《きょう》はありがとう！　明日《あした》からも、よろしくね」

「……明日《あした》から？」

「あ。言《い》ってなかったっけ」

純《じゅん》は、ぴょんっと立《た》ちあがって、言《い》った。

「僕《ぼく》、明日《あした》からこの学校《がっこう》に転校《てんこう》してくるんだ」

「――それ、本当《ほんとう》か……？」

おれは、純《じゅん》にそう聞《き》いた。純《じゅん》は明《あか》るく「うん！」と、うなずいた。

「だから、またいっしょにサッカーしようね。キーパーくん！」

純《じゅん》は手《て》をひらひらふって、帰《かえ》っていった。

やった……！　やった！

6年《ねん》1組《くみ》に、転校生《てんこうせい》がやってくる！

これで……

これでついに、8人《にん》そろってサッカーができる！

⚽　⚽　⚽

つぎの日《ひ》。おれはサッカーボールを持《も》って家《いえ》をでる。……朝《あさ》の6時《じ》に。

「今日《きょう》はあいつが、転校《てんこう》してくるんだ……！」

昨日《きのう》のことを思《おも》いだすと、いてもたってもいられなかった。

1分《ぷん》でも、1秒《びょう》でもはやく、サッカーがやりたい！

授業《じゅぎょう》がはじまる前《まえ》にみんなで練習《れんしゅう》をするために、おれは町中《まちじゅう》を走《はし》った。

「練習《れんしゅう》しようぜ！」

おれは眠《ねむ》そうに目《め》をこすっているみんなに、そう言《い》ってまわった。

さらに、ビッグニュースもつけ加《くわ》えた。

「今日《きょう》、6年《ねん》1組《くみ》に転校生《てんこうせい》がくるんだ！」

それを聞《き》いたみんなは、眠気《ねむけ》をふっとばして「すぐいく！」と答《こた》えた。

（これで、サッカーがめちゃくちゃうまいって知《し》ったら、もっとおどろくぞ……！）

心《こころ》のなかでそう思《おも》いながら、おれは山《やま》ノ《の》下小学校《したしょうがっこう》へむかった。


おれはまだ先生《せんせい》たちもきていない学校《がっこう》に、一番乗《いちばんの》りでついた。

しばらくして、クラスのみんなが続々《ぞくぞく》と集《あつ》まってくる。

「さぁ！　まずは、つぎの試合《しあい》に勝《か》つための練習《れんしゅう》だ！」

6年《ねん》1組《くみ》はサッカーチームをつくるくらいだから、みんながみんな、運動神経《うんどうしんけい》バツグン
……なんてことは、もちろんない。

足《あし》が速《はや》いやつもいれば、走《はし》るとすぐにころんでしまうやつもいる。パスがうまいやつもいれば、けったボールがどこへいくのかわからないやつもいる。

全員《ぜんいん》に、得意《とくい》なことと苦手《にがて》なことがある。

それをおれたちはおたがいに知《し》りつくしている。これまでいっしょにサッカーをやってきた、家族《かぞく》だからだ。

足《た》りないところはみんなでカバーする。一人一人《ひとりひとり》の得意《とくい》なところをみんなでいかす。

そのためにも、毎日《まいにち》の練習《れんしゅう》は欠《か》かせない。

「こっちだ、パス！」

「おしいおしい！　いまの感《かん》じでたのむぞ！」

「ナイスキーパー！　でも、つぎはきめるからな！」

練習《れんしゅう》に熱《ねつ》がはいってくるころ、ほかのクラスの人《ひと》たちが登校《とうこう》してくる。

「朝《あさ》から、さわがしいなぁ」

「6年《ねん》1組《くみ》でしょ？　ほんと、よくやるよね」

「クラスでサッカーチームをつくるのって、めずらしいよねぇ」

「でも、今年《ことし》の人《ひと》たちは、試合《しあい》をする人数《にんずう》も足《た》りないんだって」

「負《ま》けてばっかりって聞《き》いたよ。ちょっとかっこわるいよね……」

クスクス、と小《ちい》さな笑《わら》い声《ごえ》が聞《き》こえる。

みんなは下《した》をむいて、うかない顔《かお》をしている。……やっぱり、まわりの反応《はんのう》が気《き》になってしまうのだろう。

おれは手《て》をたたいてから、明《あか》るい声《こえ》で言《い》う。

「みんな！　まわりの声《こえ》なんて気《き》にすんな！　練習《れんしゅう》に集中《しゅうちゅう》しよう！」

おれの言葉《ことば》に、大声《おおごえ》で笑《わら》う人《ひと》たちがいた。

「はぁ？　おまえたちがいくら練習《れんしゅう》したって、ムダだろ、ムダ！」

そんなことを言《い》いながら、体《からだ》の大《おお》きな中学生《ちゅうがくせい》がズカズカと校庭《こうてい》にはいってきた。

近《ちか》くの中学校《ちゅうがっこう》のサッカー部《ぶ》の人《ひと》たちだ。

中心《ちゅうしん》にいるリーダーがニヤニヤ笑《わら》いながら、言《い》う。

「朝《あさ》からうるさいんだよ。負《ま》けっぱなしの、弱小《じゃくしょう》チームのくせに」

バカにした口調《くちょう》に、ムッとする。

「おまえら、こんな意味《いみ》のないことはいますぐやめろよ」

「そうそう。うっとうしいんだよ」

「どんなに練習《れんしゅう》したって、どうせ負《ま》けるだろ？」

口々《くちぐち》に言《い》って、げらげら笑《わら》っている中学生《ちゅうがくせい》たち。

おれは中学生《ちゅうがくせい》たちをにらんで、言《い》いかえす。

「意味《いみ》のない、ムダな練習《れんしゅう》なんてあるもんか。いまは負《ま》けてばかりかもしれないけど……

だからこそ！　ほかのどのチームよりも、たくさん練習《れんしゅう》するんだ！」

「……熱血《ねっけつ》かよ。うぜぇ」

そこで、リーダーが1人《ひとり》のチームメイトに近《ちか》づいた。

「おい、ボールよこせ」

びくっ、と体《からだ》をとびあがらせたのは、ボールを持《も》っていた学《まなぶ》。

リーダーはボールを指《ゆび》さす。

「そのボール、よこせって言《い》ってんだよ」

「え、で、でも……」

クラスでも一番背《いちばんせ》の低《ひく》い学《まなぶ》は、体格《たいかく》のいい中学生《ちゅうがくせい》にびくびくしている。

「つたく、どけよ！」

リーダーが体《からだ》をぶつけて、乱暴《らんぼう》にボールをうばった。
みんなはたおれた学《まなぶ》にかけ寄《よ》るが、リーダーは目《め》もくれず、足《あし》をふりあげる。
「そんなに練習《れんしゅう》してるなら、止《と》めてみろよっ！」
リーダーはシュートをうってきた。
体《からだ》が大《おお》きくて力《ちから》のある中学生《ちゅうがくせい》のシュートに、おれは身《み》がまえる。
いきおいよくゴールにむかってくるボールに、おどろいてしまう。
びっくりするほど……ボールがはっきりと見《み》えたから。
これまでは、力《ちから》の強《つよ》い中学生《ちゅうがくせい》のシュートなんて止《と》められっこない、と思《おも》っていた。
しかし、いまはおそいとすら感《かん》じる。
（……そうか。純《じゅん》のおかげだ）
おれは昨日《きのう》の純《じゅん》のシュートを思《おも》いだした。
あの速《はや》くてするどいシュートにくらべたら、よっぽど止《と》めやすい……！
バンッ！
おれはすばやく反応《はんのう》して、ボールをはじいた。

中学生《ちゅうがくせい》たちは立《た》てつづけにシュートをうってくる。

それでも、おれはすべてのシュートを止《と》めてみせた。

「くそっ！」

中学生《ちゅうがくせい》のリーダーがまたシュートをうつ。

パシンッ！

おれはボールを難《なん》なくキャッチした。

目《め》をまるくしている中学生《ちゅうがくせい》たちに、おれは堂々《どうどう》と言《い》う。

「おれたちは、つぎの試合《しあい》に勝《か》たなきゃいけない。そのための練習《れんしゅう》の、じゃまをするな
……！」

「……ちっ」

中学生《ちゅうがくせい》たちはきまりがわるそうに舌打《したう》ちをして、校庭《こうてい》からでていった。

おれはすぐに学《まなぶ》のところへ走《はし》った。

「学《まなぶ》！　だいじょうぶか？　ケガはないか？」

尻《しり》もちをついている学《まなぶ》は、みんなを安心《あんしん》させるように笑《わら》ってみせた。

「うん。平気《へいき》だよ。……それより、すごかったね、一斗《いっと》」

「そうだよ！　昨日《きのう》までとは別人《べつじん》みたい！」

「いつのまに、あんなにうまくなったんだよ？」

クラスのみんながいっせいに言《い》ってくる。

「あぁ。昨日《きのう》、試合《しあい》のあとに練習《れんしゅう》したんだ。その成果《せいか》だよ」

おれはみんなを見《み》まわして、言《い》う。

「おれは練習《れんしゅう》した分《ぶん》だけ、昨日《きのう》のおれより強《つよ》くなれた。だからみんなも、全員《ぜんいん》で、全力《ぜんりょく》で、がんばってみようぜ」

みんなはおたがいに顔《かお》を見《み》あわせてから、大《おお》きくうなずいた。

「よしっ！　じゃあ、練習再開《れんしゅうさいかい》だ！」

おうッ！

元気《げんき》よく声《こえ》をだすみんなの顔《かお》は、やる気《き》に満《み》ちている。

おれも負《ま》けていられない。

パシッとほおをたたいて、気合《きあ》いをいれなおす。

「僕《ぼく》もいっしょに、サッカーやらせてほしいな」


どこからか、そんな声《こえ》が聞《き》こえた。

そして、つぎの瞬間《しゅんかん》――

サッカーボールが、空気《くうき》を切《き》りさくようないきおいでゴールにむかってきた。

「……っ！」

おれはとっさにとびこんで、ボールにさわった。しかし、シュートの威力《いりょく》におされて、キャッチすることはできない。

――それでも、ゴールにはいれさせない！

おれは、コースを変《か》えるために手《て》でボールをはじく。

パアンッ……！

ボールは、ゴールポストにあたった。ゴールには、はいらなかった。

たおれこみながら、手《て》のひらにのこるいたみを感《かん》じる。

「……こんな強《つよ》いシュートをうてるのは……」

ゴールポストにはねかえったボールが、コロコロところがっている。

そのボールを、1人《ひとり》の少年《しょうねん》が足《あし》で止《と》めた。


「――純《じゅん》！」


「おはよう、キーパーくん」

にこやかにあいさつをしてきたのは、昨日《きのう》いっしょにサッカーをした、日向純《ひなたじゅん》だった。

「いまのシュート、やっぱり純《じゅん》だったか！」

おれが言《い》うと、純《じゅん》はくちびるをとがらせた。

「止《と》められちゃったから、これで52対《たい》2。まだ50本《ぽん》の差《さ》があるってこと、忘《わす》れないでね」

「……純《じゅん》って、思《おも》ったよりも負《ま》けずぎらいだな」

「きみもでしょ。キーパーくん」

「キーパーくんじゃない。おれは、神谷一斗《かみやいっと》だ」

おれが純《じゅん》と話《はな》していると、クラスのみんなが集《あつ》まってくる。

「だれなんだ？」

「すごいシュートだったな」

「もしかして、この子《こ》が……？」

純《じゅん》は一歩前《いっぽまえ》にでて、ざわつくみんなに自己紹介《じこしょうかい》をした。

「今日《きょう》からこの学校《がっこう》に転校《てんこう》してきた、日向純《ひなたじゅん》、6年生《ねんせい》です。好《す》きなこと、得意《とくい》なこと、この学校《がっこう》でやりたいことは、ぜーんぶサッカーです。みんな、仲良《なかよ》くしてください」

ぺこっ、と純《じゅん》は頭《あたま》をさげる。

みんなの顔《かお》がみるみるうちにかがやいていく。

「8人目《にんめ》のメンバーが、きてくれたんだ！」

「これでやっと、8人《にん》で試合《しあい》ができる！」

みんなはその場《ば》でとびあがって、喜《よろこ》びを爆発《ばくはつ》させた。

先生《せんせい》がでてきて「うるさいぞ！」と怒《おこ》られるまで、喜《よろこ》びのさけびはつづいた。

「FC《エフシー》6年《ねん》1組《くみ》？　このクラスがサッカーチームってこと？」

「そう！　純《じゅん》にも、このチームのメンバーになってほしいんだ！」

6年《ねん》1組《くみ》の教室《きょうしつ》。純《じゅん》の言葉《ことば》に、クラス中《じゅう》の注目《ちゅうもく》が集《あつ》まっている。

クラス中《じゅう》とはいえ、今日《きょう》は2人《ふたり》も休《やす》みで、FC《エフシー》6年《ねん》1組《くみ》の7人《にん》と純《じゅん》しかいないけど。

6年《ねん》1組《くみ》は純《じゅん》も加《くわ》えてたった10人《にん》という、人数《にんずう》が少《すく》ないクラス。クラスがえはもちろんなく、みんなと同《おな》じ教室《きょうしつ》ですごすのも6年目《ねんめ》だ。

だからこそ、転校生《てんこうせい》の純《じゅん》に興味《きょうみ》しんしんだった。

あれこれとたずねて、純《じゅん》についていろいろなことを知《し》った。

転校《てんこう》が多《おお》く、日本全国《にほんぜんこく》を転々《てんてん》としていた純《じゅん》。ここにくる前《まえ》は静岡県《しずおかけん》にいたらしい。

さらに、去年《きょねん》の全日本少年《ぜんにほんしょうねん》サッカー大会《たいかい》の、静岡県代表《しずおかけんだいひょう》チームのメンバーだったという。

5年生《ねんせい》ながら試合《しあい》に出場《しゅつじょう》した、とも言《い》っていた。

そのほかにも、ゴキブリが苦手《にがて》とか、好《す》きな食《た》べ物《もの》はシチューとか、こまかいことまで聞《き》いて、最後《さいご》が「FC《エフシー》6年《ねん》1組《くみ》にはいってくれるか？」という質問《しつもん》だった。

「へぇ……。サッカーチームをつくるクラスにきたのは、初《はじ》めてだよ」

純《じゅん》は、ふふっと笑《わら》っている。

「そもそも、どうしてクラスでチームをつくっているの？」

「山ノ下小学校《やまのしたしょうがっこう》の伝統《でんとう》なんだ！」

大《おお》きな声《こえ》でそう言《い》ったのは、FC《エフシー》6年《ねん》1組《くみ》のキャプテン、中沢勇気《なかざわゆうき》。

この小学校《しょうがっこう》の児童会長《じどうかいちょう》もやっている勇気《ゆうき》が、熱《ねつ》のはいった説明《せつめい》をはじめる。

「山ノ下小学校《やまのしたしょうがっこう》ができたのは、いまから40年以上前《ねんいじょうまえ》。学校《がっこう》ができた当時《とうじ》の最初《さいしょ》の6年生《ねんせい》が、クラスでサッカーの大会《たいかい》にでたのが、FC《エフシー》6年《ねん》1組《くみ》のはじまりなんだ」

「40年《ねん》？　そんなに昔《むかし》から？」

目《め》をまるくする純《じゅん》に、勇気《ゆうき》は満足《まんぞく》そうにうなずく。

「それから毎年《まいとし》、6年生《ねんせい》がその年《とし》のFC《エフシー》6年《ねん》1組《くみ》として、大会《たいかい》や地域《ちいき》のリーグ戦《せん》に参加《さんか》してきたんだ」

「これまで、一度《いちど》もとぎれずに？」

「あぁ！」

勇気《ゆうき》が胸《むね》をはる。

「いまのサッカーチームっていうと、別々《べつべつ》の小学校《しょうがっこう》から人《ひと》が集《あつ》まるサッカークラブがほとんどだよな」

「うんうん」

「このあたりにも、サッカークラブはたくさんつくられた……それでも！　この山ノ下小《やまのしたしょう》学校《がっこう》のFC《エフシー》6年《ねん》1組《くみ》は、歴代《れきだい》の6年生《ねんせい》たちに、ずーっと受《う》けつがれてきたんだよ！」

勇気《ゆうき》は拳《こぶし》をかかげて、演説《えんぜつ》をするように言《い》う。

「そして今年《ことし》、ついにおれたちがFC《エフシー》6年《ねん》1組《くみ》になった！　1年生《ねんせい》のときから……いや！　もっと前《まえ》からずっと、このときを待《ま》っていたんだ！」

「アツいね……」

純《じゅん》がぽつりとそう言《い》った。

さすがはキャプテン。チームへの情熱《じょうねつ》は、おれたちのなかで一番《いちばん》だ。

「もっと前《まえ》から、というと……」

純《じゅん》が、今度《こんど》はみんなに聞《き》いてくる。

「みんなは6年生《ねんせい》になる前《まえ》から、ずっといっしょにサッカーをしていたの？」

おれたちはいっせいにうなずく。

「そうだ。おれたちは幼稚園《ようちえん》にかよっていたころから、ここにいるみんなでサッカーをしてきた」

「へぇ……」

純《じゅん》が感心《かんしん》したようにうなずく。

「それじゃあ、強《つよ》いの？」

純《じゅん》が聞《き》いてきたが、おれたちは顔《かお》をくもらせる。

「全員《ぜんいん》が、運動《うんどう》が得意《とくい》ってわけじゃないからなぁ」

「いまは試合《しあい》をする人数《にんずう》も足《た》りないし」

「試合《しあい》に負《ま》けては、バカにされているよ……」

みんながそんなうしろ向《む》きなことを言《い》う。

「……それでも、みんなはFC《エフシー》6年《ねん》1組《くみ》にいるんだよね」

純《じゅん》がおれたちをためすような目《め》で見《み》て、聞《き》いてきた。

「サッカークラブにはいることは、考《かん》えなかったの？」

みんなは顔《かお》を見《み》あわせた。

「……考《かん》えたことないな」

「どうして？　FC《エフシー》6年《ねん》1組《くみ》を受《う》けつぐのが、伝統《でんとう》だから？」

「それもあるけど」

おれが答《こた》える。

「サッカークラブにはないつながりが、おれたちにはあるから」

「サッカークラブにはない……つながり？」

純《じゅん》は首《くび》をかしげる。

「どういうこと？」

「おれたちがいっしょにやるのはサッカーだけじゃない、ってことだ」

おれは教室《きょうしつ》を見《み》わたしながら言《い》う。

「授業《じゅぎょう》を受《う》けたり、掃除《そうじ》をしたり、給食《きゅうしょく》を食《た》べたりすることは、サッカークラブではやらないことだろ？」

純《じゅん》がうなずく。

おれも声《こえ》に熱《ねっ》をいれて、言《い》う。

「昔《むかし》からいっしょに生活《せいかつ》してきたから、みんなのことはおたがいによく知《し》っているんだ。それは、サッカーにもかならずいきてくる！」

「……まるで家族《かぞく》みたいだね」

純《じゅん》がほほえんだ。

「たしかに、サッカークラブにはないつながりだ。ここにいるみんなだけの力《ちから》だね」

「……なに言《い》ってんだよ、純《じゅん》。おまえもだぞ」

「へ？」

ぱちくりとまばたきをする純《じゅん》に、おれは言《い》った。

「このクラスにきたんだ。純《じゅん》だって、おれたちの家族《かぞく》だ！」

「……そっか。あははっ」

純《じゅん》はうれしそうに笑《わら》う。

「じゃあ僕《ぼく》は、一番下《いちばんした》の末《すえ》っ子《こ》って感《かん》じかな？」

そんな冗談《じょうだん》を言《い》って、みんなを笑《わら》わせた。

「――純《じゅん》」

「うん？」

ひとしきり笑《わら》ってから、あらためておれが、純《じゅん》にたずねる。

「FC《エフシー》6年《ねん》1組《くみ》に、はいってくれるか？」

「………………」

純《じゅん》はしばらく無言《むごん》になる。

みんなは純《じゅん》の言葉《ことば》を待《ま》っている。

「……ねえ。一斗《いっと》は僕《ぼく》のこと、負《ま》けずぎらいって言《い》ったよね」

とつぜん、純《じゅん》はそう言《い》った。

「そのとおりなんだ。僕《ぼく》は大好《だいす》きなサッカーでは、だれにも負《ま》けたくない」

純《じゅん》はしんけんな顔《かお》つきで言《い》う。

「……でも、サッカーは1人《ひとり》が本気《ほんき》をだしているだけじゃ、勝《か》てない」

そこで純《じゅん》が、おれたちの目《め》を見《み》る。

「チームの全員《ぜんいん》に、本気《ほんき》で勝《か》ちたいっていう気《き》持《も》ちを持《も》ってほしい。……みんなに、その気《き》持《も》ちはあるかな？」

7人《にん》しかいないから、負《ま》けてもしょうがない。サッカークラブじゃなくて、クラスでつくったチームだから、負《ま》けてもしょうがない。心《こころ》のどこかでそう思《おも》ってはいなかったか？

純《じゅん》はそうたずねているのだろう。笑顔《えがお》を消《け》して、みんなの答《こた》えを待《ま》つ。

しばらく静《しず》かだったが、1人《ひとり》がこう言《い》った。

「……そういうことなら、おれたちはなんにだって本気《ほんき》だよな」

すると、みんながつられて口々《くちぐち》にしゃべりだす。

「テストから牛乳《ぎゅうにゅう》の一《いっ》気《き》飲《の》みまで、全部《ぜんぶ》で勝《か》ち負《ま》けを競《きそ》っているもんな！」

「ぞうきんがけはおれが一番《いちばん》速《はや》いよ」

「計算問題《けいさんもんだい》なら、僕《ぼく》が一番《いちばん》……！」

「給食《きゅうしょく》のあとの授業《じゅぎょう》で、一番《いちばん》はやく寝《ね》るのはおれだぞ！」

「いや、それダメでしょ」

みんなは『本気《ほんき》』のアピールをしているけれど、そういうことじゃないだろう……。

「……こういう仲《なか》の良《よ》さが、サッカークラブにはない、クラスの力《ちから》なのかもね」

あきれたように、でもどこか楽《たの》しそうに、純《じゅん》は笑《わら》った。

みんながおちついてから、おれはチーム存続《そんぞく》のことについて、純《じゅん》につたえた。

「……純《じゅん》。FC《エフシー》6年《ねん》1組《くみ》は、つぎの試合《しあい》で勝《か》たないと、チームがなくなるんだ」

このときばかりは純《じゅん》も笑《わら》いをひっこめて、おれをまっすぐ見《み》る。

「なくなる……？」

「ほかのチームにうつるように言《い》われているんだ。それに、おれは別《べつ》のチームにスカウトされていて、負《ま》けたら……みんなとはなればなれになる」

おれはぎゅっと拳《こぶし》をつくる。

「いままで40年《ねん》以上《いじょう》受《う》けつがれてきたチームを守《まも》るためにも、そして、みんなとバラバラにならないためにも、おれたちは、本気《ほんき》で勝《か》ちたい……！」

みんなも、いっしょにうなずいた。

「純《じゅん》。おれたちのチームで、戦《たたか》ってくれないか……？」

「――一斗《いっと》。そういうことは先《さき》に言《い》ってよ」

純《じゅん》がつぶやく。

「勝《か》つしかないとか、最高《さいこう》に燃《も》えるじゃん……！」

「じゃ、じゃあ……」

純《じゅん》は笑顔《えがお》で言《い》った。

「FC《エフシー》6年《ねん》1組《くみ》にいれてほしい。僕《ぼく》もこのクラスの力《ちから》になりたい」

――これで、やっと8人《にん》そろったんだ！

みんなで、校舎中《こうしゃじゅう》に聞《き》こえるような声《こえ》をあげた。

『やったぁああっ！』

みんなの大《おお》さわぎは、やっぱり先生《せんせい》に怒《おこ》られるまでつづいた。

純《じゅん》が6年《ねん》1組《くみ》にやってきて、数日《すうじつ》がたった。

純《じゅん》は、もうすっかりクラスの中心人物《ちゅうしんじんぶつ》だ。

だれよりもひたむきに、そして楽《たの》しそうにサッカーをする純《じゅん》。

みんながその姿《すがた》にあこがれて、少《すこ》しでも追《お》いつこうと努力《どりょく》する。

チームは、いままでにないくらいにいいムードだ。

「一斗《いっと》！　はやくきなよ！」

放課後《ほうかご》。純《じゅん》が教室《きょうしつ》にいたおれを呼《よ》びにくる。

「あぁ！　今日《きょう》こそ、シュートを全部《ぜんぶ》止《と》めてやるからな！」

急《いそ》いで教室《きょうしつ》をでようとしたとき、とんとん、と肩《かた》をつかれた。

「一斗《いっと》。これ、忘《わす》れているよ」

ふりかえると、学《まなぶ》がおれのキーパーグローブを持《も》って、立《た》っていた。

「あっ。ありがとな！　学《まなぶ》もはやく校庭《こうてい》にいって、練習《れんしゅう》しようぜ！」

学《まなぶ》はメガネにさわりながら、うつむいている。

「……でも、僕《ぼく》、みんなに迷惑《めいわく》かけてないかな？」

小《ちい》さな声《こえ》で、学《まなぶ》は言《い》う。

「僕《ぼく》、運動《うんどう》オンチで、パスもドリブルもへたくそだし……。一斗《いっと》やみんなの足《あし》を、ひっぱっているだけなんじゃないかな」

「そんなこと、あるもんか！」

おれは大《おお》きな声《こえ》で言《い》う。

「学《まなぶ》は、FC《エフシー》6年《ねん》1組《くみ》に必要《ひつよう》だ！」

「だ、だけど僕《ぼく》は、こぼれたボールをひろうくらいしか、できなくて……」

「それは、味方《みかた》のサポートがうまいってことだよ」

ドアのところにいた純《じゅん》が、学《まなぶ》にむかって、にこっと笑《わら》った。

「いまだって、一斗《いっと》のことをちゃんと見《み》ていたから、忘《わす》れ物《もの》に気《き》づいたんでしょ。それだけ仲間《なかま》を見《み》て、仲間《なかま》のために動《うご》けるのは、学《まなぶ》にしかない力《ちから》だ」

「純《じゅん》……」

「まちがいなく、FC《エフシー》6年《ねん》1組《くみ》の戦力《せんりょく》だよ」

純《じゅん》の言葉《ことば》に、学《まなぶ》は顔《かお》を赤《あか》くして「ありがとう……」と、はずかしそうに言《い》った。

「よしっ！　はやく校庭《こうてい》にいこうぜ！　みんな、待《ま》っているからな！」

おれは、純《じゅん》と学《まなぶ》と校庭《こうてい》にでて、みんなのところへいく。

そこには、ジャージ姿《すがた》の男《おとこ》の人《ひと》が立《た》っていた。強化委員《きょうかいいん》の松木《まつき》さんだ。

「松木《まつき》さん！　おれたち、8人《にん》そろったんですよ！　転校生《てんこうせい》がきて……」

純《じゅん》のことを明《あか》るく話《はな》すおれは、松木《まつき》さんが暗《くら》い顔《かお》をしていることに気《き》づく。

「……どうかしたんですか？」

「きみたちのつぎの練習試合《れんしゅうじあい》の相手《あいて》が、きまったんだ」

「どこですかっ？」

松木《まつき》さんは低《ひく》い声《こえ》で、相手《あいて》のチームの名前《なまえ》を言《い》った。

「――刀木《かたなぎ》SC《エスシー》だ」

「なっ――」

おれは一瞬《いっしゅん》、目《め》の前《まえ》が真《ま》っ暗《くら》になった。

「刀木《かたなぎ》SC《エスシー》?」

純《じゅん》がおれに聞《き》いてくる。

「……佐津川市内《さつかわしない》で、一番強《いちばんつよ》いチームだ」

よりによって、刀木《かたなぎ》SC《エスシー》なんて……!

松木《まつき》さんは、こまった顔《かお》でいきさつを説明《せつめい》した。

「協会《きょうかい》で神谷《かみや》くんのだした条件《じょうけん》を話《はな》したら、刀木《かたなぎ》SC《エスシー》のコーチが名乗《なの》りをあげたんだ」

みんなは弱気《よわき》な声《こえ》をだしている。

「あんなに強《つよ》いチームと……?」

「いままで一度《いちど》も勝《か》ったことがないのに」

「か、勝《か》てるのかな?」

みんなが不安《ふあん》でいっぱいになっているなかで、純《じゅん》はこう言《い》った。

「――ラッキーだね」

「純《じゅん》。ラッキーって、どういうことだよ……？」

そう聞《き》かれた純《じゅん》は、にっこり笑《わら》って答《こた》える。

「FC《エフシー》6年《ねん》1組《くみ》をなくしたほうがいい、って考《かんが》えている人《ひと》に、僕《ぼく》たちの力《ちから》を証明《しょうめい》するんでしょ？　勝《か》つ相手《あいて》は、より強《つよ》いチームのほうがいい」

純《じゅん》はみんなを見《み》まわした。

「それに、考《かんが》えてみてよ。市内《しない》で一番《いちばん》の強豪《きょうごう》チームに、小学校《しょうがっこう》のクラスでつくったチームが勝《か》つ！　……ねぇ、想像《そうぞう》しただけでワクワクしない？」

純《じゅん》は強《つよ》がっているようには見《み》えない。本気《ほんき》で、勝《か》つつもりなんだ。

本気《ほんき》で勝《か》ちたいなら、相手《あいて》がどんなに強敵《きょうてき》であっても、あきらめる理由《りゆう》にはならない。

純《じゅん》の笑顔《えがお》はそんなことを語《かた》っているように思《おも》えた。

「――やろうぜ、みんな」

おれは力強《ちからづよ》く言《い》った。

「勝《か》たなきゃ、FC《エフシー》6年《ねん》1組《くみ》がなくなるんだ。だから……勝《か》つしかないだろ？」

不安《ふあん》そうな顔《かお》をしていたみんなも、かくごをきめたようだった。

――刀木《かたなぎ》SC《エスシー》に勝《か》つ！

純《じゅん》やみんなと、FC《エフシー》6年《ねん》1組《くみ》の初勝利《はつしょうり》をつかむんだ……！

第《だい》2章《しょう》

運命《うんめい》の試合《しあい》、キックオフ！

キーンコーンカーンコーン……

チャイムがなった。授業《じゅぎょう》がはじまる、5分前《ふんまえ》の合図《あいず》。
おれたちにとってこのチャイムは、ロスタイムの合図《あいず》。
おれは声《こえ》をはりあげる。
「最後《さいご》の最後《さいご》まで、集中《しゅうちゅう》しろよーっ！」
よっしゃぁ！
みんなが声《こえ》をそろえる。朝《あさ》の9時前《じまえ》とは思《おも》えない、大《おお》きな声《こえ》だ。

「ラストだ！　止《と》めるぞ！」

「最後《さいご》は、ゴールをきめて終《お》わろうぜ！」

みんなは体《からだ》をぶつけたり、地面《じめん》にすべりこんだり、がむしゃらなプレーをしている。このあとに授業《じゅぎょう》があることなんて、頭《あたま》にないみたいだ。

「純《じゅん》！　きめてくれ！」

ボールを受《う》けとって、かろやかにドリブルをする純《じゅん》。

「いくよ、一斗《いっと》！」

みんなをかわして、ゴールにむかってくる。

「こい、純《じゅん》！」

おれはボールだけに集中《しゅうちゅう》する。

純《じゅん》が、シュートをうつために右足《みぎあし》をふりあげた、瞬間《しゅんかん》――

「6年《ねん》1組《くみ》！　いますぐ片付《かたづ》けをしなさいっ！」

先生《せんせい》のどなり声《ごえ》がした。

「チャイムはもうなっただろう！　はやく教室《きょうしつ》にもどるように！」

……これが、練習終了《れんしゅうしゅうりょう》の合図《あいず》だ。

「あーっ。もう終《お》わりかぁ」

純《じゅん》が、ぷくっとほおをふくらませる。

まだまだ練習《れんしゅう》をしたい、とみんなの顔《かお》にも書《か》いてある。

そんななかで1人《ひとり》が、パンパン、と手《て》を打《う》ちならした。

「ほらみんな、切《き》りかえよう！　全員《ぜんいん》で片付《かたづ》けるぞ！」

こういうときにみんなをまとめてくれるのは、キャプテンの勇気《ゆうき》。

児童会長《じどうかいちょう》もつとめるみんなのリーダーが、テキパキと指示《しじ》をだす。

「ゴールをすぐに運《はこ》ぶぞ。つぎの時間《じかん》に、ほかの学年《がくねん》が体育《たいいく》で校庭《こうてい》をつかうらしいから」

勇気《ゆうき》の指示《しじ》で、全員《ぜんいん》がゴールのまわりに集《あつ》まる。

「さっさとやらないと、またどならられるもんなぁ」

「みんな、ちゃんと持《も》てよー？」

せーの、と勇気《ゆうき》のかけ声《ごえ》で、ゴールをかたむけてから、持《も》ちあげる。

ただゴールを片付《かたづ》けているだけでも、みんなの性格《せいかく》が見《み》えてくる。

お調子者《ちょうしもの》の瀬尾陽介《せおようすけ》は、ゴールポストを持《も》ちあげず、体重《たいじゅう》をかけて遊《あそ》んでいる。

どうりで、いつもより重《おも》く感《かん》じるわけだ……。

クラスで一番背《いちばんせ》が高《たか》い田上蓮《たがみれん》は、みんなの高《たか》さにあわせて、腰《こし》を曲《ま》げなければいけない。

つらそうだが、ぐっとがまんしている。

ちょっとめんどうくさがりな久野翔太《くのしょうた》は、ゴールをただささわっているだけ。

片手《かたて》で口《くち》をおさえて、あくびまでしている。

だれよりもまじめな篠原大和《しのはらやまと》や、力《ちから》が弱《よわ》くても必死《ひっし》に持《も》ちあげようとする学《まなぶ》は、まともに持《も》っていないやつがいることにも気《き》づかず、歯《は》を食《く》いしばっている。

「こっちだ、こっち。ほらほら、全員《ぜんいん》で力《ちから》をいれろよ」

進《すす》む方向《ほうこう》の指示《しじ》をだす勇気《ゆうき》は、手《て》を体《からだ》のうしろでくんで、サボっているやつを注意《ちゅうい》する。

……いや、おまえも持《も》てよ。

みんなでにらむと、勇気《ゆうき》は目《め》を

そらせた。

「おれはほら、全体《ぜんたい》を見《み》なきゃいけないからさ」

納得《なっとく》いかないうちに校庭《こうてい》のすみまできて、ゴールをゆっくりおいた。

「よし。じゃあ教室《きょうしつ》にもどろう」

みんなが校舎《こうしゃ》にむかって走《はし》っていく。そのなかで、純《じゅん》はゴールをなでていた。

「純《じゅん》？　どうかしたのか？」

「運《はこ》んでいて気《き》になったんだ。このゴール、かなりボロボロだなぁ、って」

「あぁ、この小学校《しょうがっこう》ができたころから、ずっとつかわれているゴールだからな。もう、40年《ねん》以上《いじょう》になるらしい」

「だから、こんなに傷《きず》だらけなんだ」

おれは首《くび》を横《よこ》にふった。

「このゴールについているのは、傷《きず》じゃないぞ」

「え？」

「よく見《み》れば、わかるよ」

純《じゅん》はゴールに顔《かお》を近《ちか》づける。

『祝《しゅく》！　FC《エフシー》6年《ねん》1組《くみ》初勝利《はつしょうり》！』

『ゴールは大切《たいせつ》に』

『めざせ全国《ぜんこく》！』

『がんばれ、未来《みらい》の6年《ねん》1組《くみ》！』

石《いし》をつかってゴールポストの表面《ひょうめん》をけずり、これまでのFC《エフシー》6年《ねん》1組《くみ》の人《ひと》たちの名前《なまえ》やメッセージがきざまれている。

「なかには、おれたちの父《とう》さんや母《かあ》さんよりも、年上《としうえ》の人《ひと》の名前《なまえ》もあるんだ」

純《じゅん》が感心《かんしん》したようにつぶやく。

「本当《ほんとう》に、僕《ぼく》たちが生《う》まれるずっと前《まえ》から、FC《エフシー》6年《ねん》1組《くみ》はあったんだね」

おれは純《じゅん》の肩《かた》をたたいた。

「純《じゅん》。いっしょにボールをしまいにいこう」

「え？　ボールを片付《かたづ》けるだけなら、一斗《いっと》だけでいいじゃん」

「まぁ、きてみろって」

ボールをかかえたおれは、純《じゅん》をつれて倉庫《そうこ》にきた。

ギギギ、と音《おと》を立《た》てて、とびらを開《あ》ける。

「うわぁ……」

倉庫《そうこ》のなかには、サッカーボールが積《つ》みあげられていた。

「おれたちより前《まえ》のFC《エフシー》6年《ねん》1組《くみ》の人《ひと》たちが、つかっていたボールだ」

「こんなにたくさん……」

40個以上《こいじょう》あるサッカーボール。

そのひとつひとつに、当時《とうじ》のFC《エフシー》6年《ねん》1組《くみ》のメンバーの名前《なまえ》が書《か》いてある。

「……ゴールに書《か》かれたメッセージとか、このたくさんのサッカーボールを見《み》ると、いつも思《おも》うんだ」

おれは、自分《じぶん》たちがつかっているボールを目《め》の前《まえ》にかかげた。もちろん、おれたちの名《な》前《まえ》が書《か》いてある。

「FC《エフシー》6年《ねん》1組《くみ》はおれたちだけのチームじゃない。山ノ下小学校《やまのしたしょうがっこう》の6年《ねん》1組《くみ》にいた人《ひと》たち、全員《ぜんいん》のチームなんだ」

純《じゅん》はおれの言葉《ことば》に、こくっとうなずいた。

「受《う》けついできてくれた、たくさんの人《ひと》たちのためにも……つぎの試合《しあい》は、負《ま》けられないね」

6年1組
FC6年1組
FC6年1組
FC6年1組
阿部
堀
千春
本山
新一
川上
祐太
FC6年1組
瀬戸
三田村
光二
6年1

「あぁ。勝《か》つために、全力《ぜんりょく》でいこうぜ」

キーンコーンカーンコーン……

そのとき、チャイムがなった。

これは、授業《じゅぎょう》がはじまる合図《あいず》。

「とりあえず、いまは全力《ぜんりょく》で教室《きょうしつ》にいこうか……」

「そうだな……」

その日《ひ》の、昼休《ひるやす》み。

いつもなら校庭《こうてい》に練習《れんしゅう》へいくけど、おれたちは授業中《じゅぎょうちゅう》のように席《せき》に座《すわ》っている。

黒板《こくばん》の前《まえ》では、1人《ひとり》の女《おんな》の子《こ》がチョークを片手《かたて》に立《た》っている。

「さぁ、みんな！　運命《うんめい》の試合《しあい》の作戦会議《さくせんかいぎ》。はりきっていこう！」

高《たか》らかにそう言《い》うのは、クラスメイトの白川円香《しらかわまどか》。

FC《エフシー》6年《ねん》1組《くみ》のマネージャー。

「一斗《いっと》」

となりに座《すわ》る純《じゅん》が、おれに小声《こごえ》で聞《き》いてくる。

「円香《まどか》はFC《エフシー》6年《ねん》1組《くみ》の選手《せんしゅ》じゃないの？　あんなに元気《げんき》なのに」

「……あぁ。あいつは、サッカーができないんだ」

たしかに元気《げんき》な性格《せいかく》の円香《まどか》だが、じつはかなり病弱《びょうじゃく》で、はげしい運動《うんどう》をしてはいけない、と言《い》われている。

だから、選手《せんしゅ》としてFC《エフシー》6年《ねん》1組《くみ》に参加《さんか》することはできない。

「それでも『運動《うんどう》はできなくても、チームの役《やく》に立《た》つことはできる』って、マネージャーをやっているんだ。選手《せんしゅ》じゃなくても、チームの一員《いちいん》だよ」

「へぇ……」

こほん、とせきばらいをして、円香《まどか》は話《はな》しはじめる。

「対戦相手《たいせんあいて》の刀木《かたなぎ》SC《エスシー》が市内《しない》で負《ま》けなしのチームってことは、みんな知《し》っているよね」

おれたちは同時《どうじ》にうなずく。

「とくに注意《ちゅうい》しなきゃいけないのは……ストライカーの、坂崎光一郎《さかざきこういちろう》くん！」

刀木《かたなぎ》SC《エスシー》の坂崎光一郎《さかざきこういちろう》。

佐津川市《さつかわし》でサッカーをしている小学生《しょうがくせい》で知《し》らないやつはいない、天才《てんさい》ストライカー。

その実力《じつりょく》は、J《ジェイ》リーグクラブのジュニアユース（中学生《ちゅうがくせい》）チームにスカウトされるほどだという。

「1試合《しあい》で6点《てん》を取《と》ったこともある、すごい選手《せんしゅ》だね。勝《か》つためには、坂崎《さかざき》くんを止《と》めないといけないよ」

「あぁ」

おれが一番《いちばん》に返事《へんじ》をする。

点《てん》を取《と》られないことはキーパー

のおれにかかっているんだ。

円香《まどか》が満足《まんぞく》そうにうなずいた。

「刀木《かたなぎ》SC《エスシー》は、点《てん》を取《と》ることを坂崎《さかざき》くんにまかせているの。1人《ひとり》で攻《せ》めて、のこりの選手《せんしゅ》がささえる、っていう戦《たたか》いかたをしているんだ」

「坂崎《さかざき》を止《と》めれば簡単《かんたん》に点《てん》は取《と》られない、ってことか……」

「それじゃあ、守《まも》りをかためないとな」

おれの前《まえ》に座《すわ》っている勇気《ゆうき》が言《い》った。

「どんなにすごい選手《せんしゅ》だって、3人《にん》や4人《にん》に囲《かこ》まれたら、思《おも》いどおりのプレーはできない。だから、守《まも》りに人数《にんずう》をかけよう」

勇気《ゆうき》が立《た》ちあがってみんなを見《み》まわす。

「みんなで坂崎《さかざき》を止《と》めて、攻《こう》げきでは純《じゅん》にボールを集《あつ》める。この作戦《さくせん》で、どうだ？」

勇気《ゆうき》がたずねる。

みんなはその作戦《さくせん》に賛成《さんせい》する。

「そうだな！　むこうに坂崎《さかざき》がいるなら、こっちには純《じゅん》がいる！」

「うん。それしかないと思《おも》う」

みんなの考《かんが》えがまとまった、と思《おも》ったとき、

「――それって、本当《ほんとう》に『勝《か》つ』ことに、なるのかな……？」

学《まなぶ》がおずおずと言《い》った。

みんなの注目《ちゅうもく》が集《あつ》まって、学《まなぶ》は赤《あか》くなってしまう。

「そ、その作戦《さくせん》って、相手《あいて》と同《おな》じで、純《じゅん》1人《ひとり》の力《ちから》で点《てん》を取《と》ることに、なるんじゃないかな」

「それは……そうかもしれないけど」

「でも、勝《か》たなきゃいけないんだぞ」

みんなのなかで、意見《いけん》が分《わ》かれていく。

学《まなぶ》は小《ちい》さな声《こえ》で、それでもしっかりと、考《かんが》えをつたえる。

「いままでひとつになって、やってきたのに、純《じゅん》にまかせきりなのは、どうなのかと思《おも》って……」

「……僕《ぼく》は学《まなぶ》に賛成《さんせい》かな」

と言《い》ったのは、純《じゅん》だった。

「1人《ひとり》にまかせきりじゃ、いつか限界《げんかい》がくるよ」

おれは純《じゅん》に聞《き》く。

「じゃあ、どうすればいいと思《おも》うんだ？」

みんながその答《こた》えに注目《ちゅうもく》する。

純《じゅん》は、こうつづけた。


「だからこそ、僕《ぼく》が1人《ひとり》で点《てん》を取《と》ってくる」


「へ？」

純《じゅん》以外《いがい》の全員《ぜんいん》が、首《くび》をかしげた。

「7人《にん》でゴールを守《まも》ってほしい。ボールをとったら、すぐに僕《ぼく》にパスをして。サポートも必要《ひつよう》ない。僕《ぼく》1人《ひとり》で、点《てん》を取《と》ってくる」

純《じゅん》はにやりと笑《わら》って、おれたちに「作戦《さくせん》」をつたえた――。

日曜日《にちようび》。チームの運命《うんめい》がきまる試合《しあい》の、当日《とうじつ》。

⚽　⚽　⚽

おれたちが試合《しあい》をするグラウンドにつく。

それだけで、まわりの人《ひと》たちはひそひそと話《はな》しだす。

「FC《エフシー》6年《ねん》1組《くみ》かよ。どうせ今日《きょう》も負《ま》けるんだろ」

「聞《き》いたか？　今日《きょう》の試合《しあい》に勝《か》てないと、チームがなくなるらしいよ」

「しかも、相手《あいて》は刀木《かたなぎ》SC《エスシー》……」

「弱小《じゃくしょう》のあいつらが、勝《か》てるわけないよなぁ」

笑《わら》い声《ごえ》まで聞《き》こえてくる。

「みんな！　気《き》にしちゃダメだよ！　がんばろうっ！」

と円香《まどか》が明《あか》るく言《い》った。

選手《せんしゅ》を元気《げんき》づけるのもマネージャーの仕事《しごと》、と考《かんが》えている円香《まどか》。おれたちがおちこんでいると、いつでもはげましてくれる。

しかし今日《きょう》のおれたちは、下《した》をむいたり、おちこんだりしていない。

今日《きょう》の試合《しあい》には、勝《か》たなきゃいけない。まわりの声《こえ》なんて、気《き》にしていられない。

純《じゅん》がみんなを安心《あんしん》させるように笑《わら》って、こう言《い》った。

「試合《しあい》がはじまったら、歓声《かんせい》に変《か》えてやろうよ」

その強気《つよき》な言葉《ことば》に、みんながうなずいた。

おれたちは試合《しあい》にむけて準備《じゅんび》をする。

反対側《はんたいがわ》のゴールを見《み》る。そこでは刀木《かたなぎ》SC《エスシー》の選手《せんしゅ》たちがシュート練習《れんしゅう》をしている。

そのなかでもとくに強《きょう》れつなシュートをうつのが、坂崎光一郎《さかざきこういちろう》。

坂崎《さかざき》のけったボールは、ゴールネットをつきやぶりそうだ。天才《てんさい》ストライカーというのも、だてじゃない。

おれに、止《と》められるのだろうか……。

「――自信《じしん》を持《も》ってよ、一斗《いっと》」

そう言《い》って、うしろから肩《かた》をくんできたのは、純《じゅん》だった。

「一斗《いっと》は毎日《まいにち》のように、僕《ぼく》のシュートを受《う》けてきたでしょ。どんなボールだって止《と》められるさ」

「……そうだったな」

「174対《たい》132で、まだ僕《ぼく》が勝《か》っているけどね」

「本当《ほんとう》に、よく覚《おぼ》えているよな……」

あはは、と純《じゅん》が明《あか》るく笑《わら》った。

「一斗《いっと》がだれよりも必死《ひっし》に練習《れんしゅう》してきたことは、みんなが知《し》っている。だから一斗《いっと》は、堂々《どうどう》とうしろからみんなをささえてよ」

「あぁ！　まかせろ！」

おれは力強《ちからづよ》くうなずいた。

「神谷《かみや》くん」

ジャージ姿《すがた》の男《おとこ》の人《ひと》がおれに声《こえ》をかけてきた。

「松木《まつき》さん！」

手《て》を軽《かる》くあげたのは、強化委員《きょうかいいん》の松木《まつき》さん。

「この試合《しあい》を見《み》させてもらうよ。約束《やくそく》は……わかっているね？」

おれはぎゅっと拳《こぶし》をつくる。

「はい。かならず勝《か》ってみせます！」

「きみたちがいままでがんばってきたことは、よく知《し》っている。協会《きょうかい》はきみたちがほかのチームにうつることをすすめているが……私《わたし》はきみたちを応援《おうえん》したい！」

松木《まつき》さんはおれの肩《かた》に手《て》をおいて、言《い》った。

「この試合《しあい》にきみたちが勝《か》ったら、私《わたし》が責任《せきにん》を持《も》ってFC《エフシー》6年《ねん》1組《くみ》を存続《そんぞく》させてみせる。だから……がんばってくれ！」

「はいっ！」

円香《まどか》に、松木《まつき》さん。

数《かず》は少《すく》なくても、おれたちを応援《おうえん》してくれる人《ひと》がいる。

そう思《おも》うと、少《すこ》しだけ体《からだ》が軽《かる》くなった。

ピ――――ッ

笛《ふえ》がならされた。審判《しんぱん》が両《りょう》チームの選手《せんしゅ》を集《あつ》めている。

「よし……みんな、いくぞ！」

キャプテンの勇気《ゆうき》のかけ声《ごえ》に、おれたちはいっせいに返事《へんじ》をした。

『おうッ！』

全員《ぜんいん》がグラウンドに散《ち》らばった。

試合《しあい》がはじまるのを、いまかいまかと待《ま》っている。

「あれ？　FC《エフシー》6年《ねん》1組《くみ》って、1人《ひとり》足《た》りないんじゃなかったっけ？」

「10番《ばん》のやつ、初《はじ》めて見《み》るよな」

「人数《にんずう》あわせじゃない？」

「どうせ、勝《か》てる可能性《かのうせい》なんてないのにね……」

まわりの人《ひと》たちがそんなことを言《い》っている。
……気《き》にしない。目《め》の前《まえ》の試合《しあい》に集中《しゅうちゅう》する。
おれは、緊張《きんちょう》と興奮《こうふん》でドキドキしている。
もちろん、この試合《しあい》には勝《か》たなきゃいけない。
でも、純《じゅん》がはいって、8人《にん》そろったFC《エフシー》6年《ねん》1組《くみ》の初《はじ》めての試合《しあい》。
楽《たの》しまなくちゃ、もったいない……！

――ピ――ッ
笛《ふえ》の音《おと》がなる。FC《エフシー》6年《ねん》1組《くみ》からのキックオフで、試合開始《しあいかいし》だ。
まずボールを持《も》ったのは、純《じゅん》。
刀木《かたなぎ》SC《エスシー》の選手《せんしゅ》たちはボールをとりにこない。
(……相手《あいて》が、おれたちだからか)
どうやら、負《ま》けてばかりのFC《エフシー》6年《ねん》1組《くみ》に油断《ゆだん》しているみたいだ。

そのすきを、純《じゅん》は見《み》のがさない。

純《じゅん》がドリブルをはじめた。

かろやかなステップで、ボールといっしょにグラウンドをかけぬける。

ボールをとりにきた相手《あいて》を、1人《ひとり》、2人《ふたり》、3人《にん》……と抜《ぬ》き去《さ》っていく。

1人《ひとり》で走《はし》っていく純《じゅん》。ぐんぐんとスピードをあげて、ゴールにむかう。

「と、止《と》めろっ！」

あわてた相手《あいて》が純《じゅん》の前《まえ》に立《た》ちふさがる。

純《じゅん》は、ピタッと止《と》まる。

そして、ふわっとボールをけりあげた。

ボールは相手《あいて》の頭《あたま》の上《うえ》をこえる。

「よ……っと！」

相手《あいて》のうしろに先《さき》まわりした純《じゅん》は、ドリブルを再開《さいかい》する。

「いかせねぇ！」

相手《あいて》がまた1人《ひとり》、ボールにむかってすべりこんでくる。

「……！」

純《じゅん》は、ボールといっしょにとんだ。

スライディングタックルを、ジャンプでかわす。

これで、５人抜《にんぬ》きだ……！

着地《ちゃくち》をした純《じゅん》は、同時《どうじ》に右足《みぎあし》をふりあげる。

おくれて落《お》ちてきたボールを、シュートした。

ボールはゴールにつきささる。

相手《あいて》のキーパーは一歩《いっぽ》も動《うご》けなかった。

まわりの人《ひと》たちも、相手《あいて》の選手《せんしゅ》も、ぽかんとしている。

「……まず、１点《てん》」

純《じゅん》はくるりとふりむいて、にっこり笑《わら》った。

『やったぁあぁ！』

大声《おおごえ》をあげたみんなが、純《じゅん》をもみくちゃにする。

「純《じゅん》！　ナイスシュート！」

「先制点《せんせいてん》なんて、信《しん》じられない……！」

「あの刀木《かたなぎ》SC《エスシー》から、点《てん》を取《と》ったんだ！」

おれもこのときばかりはゴールをはなれて、純《じゅん》にかけ寄《よ》る。

「純《じゅん》！　やったな！」

声《こえ》をかけると、純《じゅん》はおれに拳《こぶし》をむけた。

「試合《しあい》はこれからだよ、一斗《いっと》。僕《ぼく》はまだまだゴールをねらう」

「あぁ。おれはゴールを守《まも》ってみせる！」

おれと純《じゅん》は、拳《こぶし》をつきあわせた。

ふたたび笛《ふえ》がなる。今度《こんど》は刀木《かたなぎ》SC《エスシー》からのキックオフ。

刀木《かたなぎ》SC《エスシー》の選手《せんしゅ》たちの動《うご》きが急《きゅう》に速《はや》くなった。
点《てん》を取《と》られたことで、油断《ゆだん》がなくなったのだろう。
みんなは、とつぜんの変化《へんか》に少《すこ》しとまどっている。
ボールをうばっても、すぐにミスをして相手《あいて》にわたしてしまう。
このままじゃまずい。うしろから、おれが声《こえ》をかける。
「みんな、おちついて！　練習《れんしゅう》を思《おも》いだすんだ！」
おれたちはこの2週間《しゅうかん》、朝《あさ》も昼《ひる》も放課後《ほうかご》も必死《ひっし》になって練習《れんしゅう》した。
2週間前《しゅうかんまえ》のおれたちよりも、ずっと強《つよ》くなった。
練習《れんしゅう》は、やった分《ぶん》だけ自信《じしん》に変《か》わるんだ……！
みんながおちつきをとりもどす。
あわてずしっかりとボールをうばい、大《おお》きくけりだした。
「いいぞ、みんな！」
そのボールは相手《あいて》のエースストライカー、坂崎《さかざき》にわたる。
ゴールまでの距離《きょり》は遠《とお》い。シュートはうってこないだろう。

「パスに注意《ちゅうい》しよう！　まわりを見《み》て……」

と指示《しじ》をだしていたときに、おれは気《き》づいた。

坂崎《さかざき》のするどい目《め》はゴールしか見《み》ていない。

くる……！

おれは、腰《こし》を落《お》として身《み》がまえる。


ドオンッ！


まるで、ボールが爆発《ばくはつ》したような音《おと》がした。

その音《おと》におどろいているあいだに、ボールが目《め》の前《まえ》までやってくる。

「くっ……！」

横《よこ》っとびでボールをつかみとる。手《て》に、腕《うで》に、力《ちから》をこめる。

おれは地面《じめん》にたおれこむ。ボールは、はなさない。

「……なんとか、止《と》められた」

でも、すごいシュートだ。純《じゅん》と同《おな》じくらい、もしかしたらそれ以上《いじょう》かもしれない。

冷《ひ》や汗《あせ》をふいていると、まわりの人《ひと》たちがざわついているのが聞《き》こえた。

「FC《エフシー》6年《ねん》1組《くみ》が、刀木《かたなぎ》SC《エスシー》から点《てん》を取《と》ったんだって！」

「あの10番《ばん》のやつが、ドリブルで5人《にん》も抜《ぬ》いて、ゴールをきめたんだ！」

「しかも、坂崎《さかざき》のシュートを止《と》めたんだよ！」

「あの、泣《な》き虫《むし》キーパーが？」

ざわざわ、とさわがしくなってくる。

聞《き》こえてくるのは、試合前《しあいまえ》までのようなおれたちをバカにする声《こえ》じゃない。

『今日《きょう》のFC《エフシー》6年《ねん》1組《くみ》は、なにかがちがう！』

まわりの人《ひと》たちも刀木《かたなぎ》SC《エスシー》の選手《せんしゅ》たちも、そう思《おも》いはじめているみたいだ。

――そうだ。おれたちはもう、負《ま》けてばかりの弱小《じゃくしょう》チームじゃない。

「いくぞっ！」

おれはボールを前《まえ》にけった。

ファイト!

第《だい》3章《しょう》 ピンチ！ 純《じゅん》の奇《き》妙《みょう》な作《さく》戦《せん》

試《し》合《あい》はＦＣ《エフシー》6年《ねん》1組《くみ》が攻《せ》められてばかりになっている。

おれたちは作《さく》戦《せん》どおりに7人《にん》がかりでゴールを守《まも》っている。
みんなが必《ひっ》死《し》に守《まも》っているおかげで、まだ点《てん》を取《と》られていない。
そして前《まえ》では、純《じゅん》がおれたちからのパスを待《ま》っている。
7人《にん》でうばったボールを、純《じゅん》にとどける。それがいまのおれたちの戦《たたか》いかただ。
おれたちのゴール前《まえ》に、相《あい》手《て》はまたボールをけってくる。
おれはボールに近《ちか》い仲《なか》間《ま》をさがす。

一番近《いちばんちか》いのは、学《まなぶ》だ。

「学《まなぶ》！　たのむぞ！」

おれは声《こえ》をかけた。

「う、うん！」

学《まなぶ》は足《あし》を大《おお》きくふって、ボールをけった。

「あっ……！」

しかし、ミスキックになってしまった。ボールはあらぬ方向《ほうこう》へとんでいく。

その先《さき》にいたのは、天才《てんさい》ストライカー坂崎《さかざき》。ボールを受《う》けると、すぐにシュートをうつ体勢《たいせい》になる。

おれはボールから目《め》をはなさない。

この試合《しあい》でもう10本目《ぽんめ》のシュートが、ゴールにむかってきた。

ゴールポストのギリギリにとんできたボールを、おれはなんとかはじきだした。

「ふぅ……あぶなかった」

でも、まだ相手《あいて》ボールだ。ほおをたたいて気《き》をひきしめる。

「一斗《いっと》」

学《まなぶ》が小《ちい》さな声《こえ》でおれを呼《よ》んだ。

「ご、ごめん。ミスしちゃって……」

学《まなぶ》は暗《くら》い顔《かお》をして立《た》っていた。

おれは明《あか》るく言《い》う。

「気《き》にするなよ！　ほら、またボールがくるぞ！」

「だけど……」

試合《しあい》がはじまってから、学《まなぶ》はミスをくりかえしている。そのたびにピンチになるが、みんなでカバーしてなんとか守《まも》りきっている。

そのことに責任《せきにん》を感《かん》じているのか、学《まなぶ》はちぢこまってうつむいてしまっている。

「顔《かお》をあげろ、学《まなぶ》！」

おれは学《まなぶ》の肩《かた》をガシッとつかんだ。

おどろいた学《まなぶ》に、笑顔《えがお》をむける。

「みんなでゴールを守《まも》って、純《じゅん》にボールをつなげるんだ。たよりにしているからな！」

学《まなぶ》はくちびるをひきむすんで、うなずいた。

「うん！　がんばるよ！」

「よし！　その意気《いき》だ！」

そうだ。もっと自信《じしん》を持《も》っていいんだ。

学《まなぶ》はあんなにがんばっていたんだから……。


試合《しあい》の1週間前《しゅうかんまえ》。

おれは山ノ下小学校《やまのしたしょうがっこう》に走《はし》ってきた。もちろん、練習《れんしゅう》をするためだ。

「今日《きょう》は、7時《じ》に校庭集合《こうていしゅうごう》だっけ」

校舎《こうしゃ》の時計《とけい》を見《み》あげる。いまは、朝《あさ》の6時前《じまえ》。

……1時間《じかん》もはやくきてしまった。

「まぁ、先《さき》に練習《れんしゅう》していればいいか」

そう言《い》っていると校庭《こうてい》のほうから、ボン、ボン……という音《おと》が聞《き》こえた。

「もう、だれかいるのか?」

おれは大《おお》きな桜《さくら》の木《き》にかくれて、校庭《こうてい》をのぞく。

メガネをかけた小柄《こがら》な男子《だんし》が、ぎこちない動《うご》きでサッカーをしている。

「あれは――」

チームメイトの学《まなぶ》だった。

こんなに朝《あさ》はやくから練習《れんしゅう》をしているなんて、知《し》らなかった。

学《まなぶ》はかべにむかってボールをけっている。しかしボールはまるでまっすぐとばない。

ボールはあちこちにいってしまい、学《まなぶ》が自分《じぶん》でひろっている。

「――うわっ!」

ついに学《まなぶ》は、ボールをけろうとして空振《からぶ》りした。背中《せなか》から地面《じめん》にたおれてしまう。

「あっ!」

あわてて、おれはかけ寄《よ》った。

「学《まなぶ》、だいじょうぶか？」

「あ……一斗《いっと》。おはよう」

学《まなぶ》はメガネの位置《いち》をなおして、体《からだ》を起《お》こす。

「いてて……。はずかしいところ、見《み》られちゃったなぁ」

座《すわ》った姿勢《しせい》のまま、照《て》れくさそうに笑《わら》った。

「1人《ひとり》で、練習《れんしゅう》していたのか？」

「うん。少《すこ》しでもうまくなれるように、と思《おも》って」

「こんなに朝《あさ》はやく、すごいな」

「あはは……」

学《まなぶ》は、はずかしそうに笑《わら》ってから、言《い》った。

「みんなと同《おな》じチームで、サッカーをしつづけるためだから」

おれは少《すこ》し意外《いがい》だった。

気弱《きよわ》でひっこみ思案《じあん》な学《まなぶ》が、こんなにはっきりと自分《じぶん》の気持《きも》ちを言《い》うのはめずらしい。

「一斗《いっと》？」

おれがだまっていると、学《まなぶ》が顔《かお》をのぞきこんできた。

「あ、あぁ、そうだな。ずっといっしょにやってきた、仲間《なかま》だもんな」

「うん」

学《まなぶ》はおれを見《み》あげる。

「最初《さいしょ》に僕《ぼく》をサッカーにさそってくれたのは……一斗《いっと》だったよね」

「そうだったか？」

おれの言葉《ことば》に、学《まなぶ》がじとーっとにらんできた。

「忘《わす》れたの？　一斗《いっと》が僕《ぼく》をむりやりひっぱっていったんだよ」

「……そうだったか」

言《い》われてみれば、そんな記憶《きおく》がある。

幼稚園《ようちえん》にかよっていたときから、みんなをサッカーにさそうのは、いつでもおれだった。

そのころからおれは、三度《さんど》の飯《めし》よりサッカーが好《す》きで、ひまさえあれば外《そと》にでてボールをけっていた。

そのとき、サッカーをするメンバーを集《あつ》めるために、みんなを強引《ごういん》に外《そと》へとひっぱりだしていたことを覚《おぼ》えている。

学《まなぶ》はぽりぽりと頭《あたま》をかいた。

「はじめは……いやだったんだ。僕《ぼく》は昔《むかし》から運動《うんどう》が苦手《にがて》だったから、どうせみんなについていけない、と思《おも》ってさ」

たしかにそのころの学《まなぶ》は、外《そと》で走《はし》りまわるよりも部屋《へや》のなかで絵本《えほん》を読《よ》んでいる姿《すがた》のほうが、印象《いんしょう》にのこっている。

「でも一斗《いっと》が『サッカーは、みんなでやらなきゃ楽《たの》しくない』って言《い》って、泣《な》いていやがる僕《ぼく》を外《そと》につれだしたんだ」

「………」

その記憶《きおく》もある。

「わるかったよ、あのときは」

おれは顔《かお》を赤《あか》くして言《い》った。

それを見《み》て、学《まなぶ》は笑《わら》った。

「うぅん、あやまらないでよ。一斗《いっと》の言《い》うとおりだったんだから」

「え？」

「みんなとやるサッカーは――すっごく楽《たの》しかった」

学《まなぶ》はボールを手《て》にとった。

「僕《ぼく》にはできないことだらけだったけど、みんなとボールを追《お》いかけることが、楽《たの》しくてしかたがなかったんだ」

学《まなぶ》がぼんやりと空《そら》を見《み》あげた。昔《むかし》のことを、思《おも》いだしているみたいだった。

「朝《あさ》から、夢中《むちゅう》になってサッカーをして、いつのまにか日《ひ》が暮《く》れていく……。毎日《まいにち》、そのくりかえしだったね」

「……あぁ」

朝《あさ》にみんなと会《あ》うと、あいさつのかわりにボールをけりあった。

昼《ひる》になったら、サッカーをして、ご飯《はん》を食《た》べて、昼寝《ひるね》をして、そしてまたサッカーをした。

夕方《ゆうがた》には、ボールが見《み》えなくなってもサッカーをやって、最後《さいご》は親《おや》に怒《おこ》られながら家《いえ》に帰《かえ》っていった。

おれがみんなを巻《ま》きこんで、いっしょになってボールをける。

小学校《しょうがっこう》にかようようになったり、体《からだ》が大《おお》きくなったり、いろいろなことが変《か》わっても、おれたちのサッカーはいままでずっと変《か》わらなかった。

「僕《ぼく》はどんくさくって、やっぱりサッカーがへただったけど、一斗《いっと》もみんなも根気《こんき》よくつきあってくれた」

「仲間《なかま》なんだから、あたりまえだろ」

おれがそう言《い》うと、学《まなぶ》はまた笑《わら》った。

「小学生《しょうがくせい》になって、FC《エフシー》6年《ねん》1組《くみ》になったいまでも、僕《ぼく》の気持《きも》ちはずっと変《か》わらないいままだよ。……運動《うんどう》が苦手《にがて》なことも、変《か》わらなかったけど」

学《まなぶ》は大《おお》きく息《いき》をはいてから、つづけた。

「僕《ぼく》は……みんなの足《あし》をひっぱってたよね」

「えっ」

とつぜんそんなことを言《い》われて、おれはびっくりしてしまった。

「いままでの試合《しあい》でも、人数《にんずう》が足《た》りないってことだけじゃなくて、僕《ぼく》のせいで負《ま》けたこともたくさんあったし……」

おれは首《くび》を大《おお》きく横《よこ》にふる。

「そんなことは……」

「でも」

学《まなぶ》がおれの言葉《ことば》をさえぎった。

「みんなはそんな僕《ぼく》といっしょに、ずっとサッカーをしてくれた」

おれを見《み》て、学《まなぶ》は言《い》う。

「一斗《いっと》は、失敗《しっぱい》してもいつも前向《まえむ》きな声《こえ》をかけてくれた。

勇気《ゆうき》は、いそがしくても練習《れんしゅう》につきあってくれた。

翔太《しょうた》は、めんどうだって言《い》いながらアドバイスをしてくれた。

蓮《れん》は、おちこんでいるときに話《はなし》を聞《き》いてくれた。

陽介《ようすけ》は、ミスなんか気《き》にすんなって明《あか》るく笑《わら》いとばしてくれた。

大和《やまと》は、なやんでいるときには自分《じぶん》のことのように考《かんが》えてくれた。

円香《まどか》は、ベンチから声《こえ》がかれるまで応援《おうえん》してくれた。

純《じゅん》は、僕《ぼく》もチームに必要《ひつよう》だって言《い》ってくれた。

みんなが、僕《ぼく》の力《ちから》になってくれたんだ」

「学《まなぶ》……」

小《ちい》さな声《こえ》で、しかしはっきりした口調《くちょう》で、学《まなぶ》はつづける。

「僕《ぼく》には純《じゅん》みたいにみんなをひっぱる力《ちから》や、一斗《いっと》みたいにみんなをささえる力《ちから》はない。でも……」

学《まなぶ》は拳《こぶし》をにぎりしめて言《い》った。

「どんなにちっぽけだっていい。今度《こんど》は僕《ぼく》が、ＦＣ《エフシー》６年《ねん》１組《くみ》の力《ちから》になりたい……！」

おれは思《おも》いだした。

チームをうつる、という話《はなし》を松木《まつき》さんにされたときも、真《ま》っ先《さき》に反対《はんたい》したのは学《まなぶ》だった。

作戦会議《さくせんかいぎ》のときにも、クラスのみんなで勝《か》つことにこだわっていた。

学《まなぶ》はおれたちFC《エフシー》6年《ねん》1組《くみ》のことが、だれよりも大好《だいす》きなんだ。

「だから、みんなよりはやくきて練習《れんしゅう》しているんだ。まだまだ、へたなままだけどね……」

そう言《い》って、学《まなぶ》は立《た》ちあがろうとする。

おれは手《て》をさしだした。

「じゃあ、みんながくるまで、いっしょに練習《れんしゅう》しようぜ！」

「……うんっ！」

学《まなぶ》は大《おお》きくうなずいて、おれの手《て》をとった。

⚽　⚽　⚽

学《まなぶ》はたしかにミスばかりしている。

でも、チームのためにこれまで一生懸命努力《いっしょうけんめいどりょく》してきたことは、だれもが知《し》っている。

「学《まなぶ》！　みんな！」

おれは大声《おおごえ》でつたえた。

「思《おも》いっきりプレーするんだ！　どんなにミスしてもかまわない！　おれがゴールを守《まも》りぬくから！」

おうッ！

今日一番《きょういちばん》の大《おお》きな声《こえ》が、みんなからかえってきた。

——ピ————ッ

しばらくして、長《なが》い笛《ふえ》がなった。前半終了《ぜんはんしゅうりょう》だ。

1対《たい》0。FC《エフシー》6年《ねん》1組《くみ》が、1点《てん》リードしている。

もしかしたらFC《エフシー》6年《ねん》1組《くみ》が、刀木《かたなぎ》SC《エスシー》に勝《か》つかもしれない……！

だれも予想《よそう》していなかった展開《てんかい》に、まわりの人《ひと》たちがざわつく。

「おつかれさま！　みんな、すごいよ！」

ベンチにもどると、円香《まどか》が笑顔《えがお》でおれたちをむかえた。

「あの刀木《かたなぎ》SC《エスシー》に、勝《か》っているんだよ！　すごいすごい！」

円香《まどか》は、ぴょんぴょんとびはねて、うれしさを表現《ひょうげん》している。

「あぁ。油断《ゆだん》はできないけどな……」

おれはタオルで顔《かお》をふく純《じゅん》のひじを指《ゆび》さした。

「……純《じゅん》。血《ち》がでてるぞ」

それを聞《き》きつけた円香《まどか》が、救急《きゅうきゅう》バッグを持《も》ってきた。

「たいへん！　すぐ見《み》せて！」

「え？」

純《じゅん》がきょとんとしているうちに、円香《まどか》は手際《てぎわ》よく手当《てあ》てをする。

「これでよし！」

「はやいね……」

「これも、マネージャーの仕事《しごと》だからね！」

「ありがとう、円香《まどか》」

明《あか》るく笑《わら》う純《じゅん》を、おれは見《み》つめる。

点《てん》を取《と》られてから、相手《あいて》は純《じゅん》のことをかなり警戒《けいかい》している。

いつでも2人《ふたり》が純《じゅん》につきっきりで、ときにはファウルをしてでも止《と》める。

うしろから見《み》ていて、純《じゅん》がケガをしないか、気《き》が気《き》でなかった。

「……心配《しんぱい》しないでよ、一斗《いっと》。ぶつかりあいはかくごしていたからね」

おれの心《こころ》を読《よ》みとったように、純《じゅん》は言《い》った。

「作戦《さくせん》どおりにがんばろうよ。一斗《いっと》」

「……あぁ。たのむぞ、純《じゅん》」

そろそろ、後半《こうはん》がはじまる。

勇気《ゆうき》が立《た》ちあがった。

「みんな、もう一度《いちど》円《えん》になろう！」

おれたちは円香《まどか》もいれた9人《にん》で、ひとつの円《えん》をつくる。

「いまは1点《てん》リードしている。チームを守《まも》るため、後半《こうはん》も全力《ぜんりょく》で戦《たたか》おう」

勇気《ゆうき》はみんなの目《め》を見《み》て、そう言《い》った。

となりの仲間《なかま》の肩《かた》を、強《つよ》く抱《だ》く。

そしておれが、大《おお》きく息《いき》を吸《す》いこんで、言《い》う。

「ぜったいに、勝《か》つぞッ！」


よっしゃぁ！


全員《ぜんいん》で声《こえ》をあわせた。

ベンチから、走《はし》ってグラウンドにでていく。

同《おな》じタイミングで、刀木《かたなぎ》SC《エスシー》の選手《せんしゅ》たちも走《はし》ってきた。前半《ぜんはん》よりも顔《かお》がひきしまってい
て、ピリピリしている。

「――神谷《かみや》。10番《ばん》」

おれと純《じゅん》が声《こえ》をかけられた。

ふりかえると、坂崎《さかざき》が立《た》っていた。

「な、なんだ？」

びっくりしたおれに、坂崎《さかざき》は、フッと笑《わら》った。

「緊張《きんちょう》するなよ。すぐにチームメイトになるんだろ」

遠《とお》まわしに「この試合《しあい》に勝《か》つ」と言《い》っているのか……。

「リードしているのは、僕《ぼく》たちだよ？」

純《じゅん》が強気《つよき》にそう言《い》った。

「いまだけだ」

しかし、坂崎《さかざき》はまったくあわてていない。

「……それで、なにか用《よう》か？」

おれがたずねる。坂崎《さかざき》はうす笑《わら》いをうかべながら言《い》う。

「この試合《しあい》が終《お》わったら、おまえたち2人《ふたり》で、うちのチームにこいよ」

坂崎《さかざき》はFC《エフシー》6年《ねん》1組《くみ》のみんなを横目《よこめ》に見《み》た。

「足手《あしで》まといと同《おな》じチームでサッカーをするのは、ストレスがたまるだろ？　こっちにきたほうが、マシだと思《おも》うぜ」

「足手《あしで》まといって、なんだよっ！」

おれはおもわずさけんだ。

純《じゅん》が、おれの前《まえ》に手《て》をだした。

「おちついて、一斗《いっと》」

「だけどっ……」

「10番《ばん》。おまえも、心《こころ》のなかではそう思《おも》っているんじゃないのか？」

坂崎《さかざき》はニヤニヤしながら純《じゅん》を見《み》る。

「おまえは仲間《なかま》を信《しん》じていないから、1人《ひとり》で攻《せ》めているんだろ？」

「――まさか。逆《ぎゃく》だよ」

純《じゅん》は首《くび》を横《よこ》にふって、言《い》う。

「僕《ぼく》はみんなを信《しん》じているから、1人《ひとり》で攻《せ》めているんだよ」

坂崎《さかざき》は、なにを言《い》っているんだ、という顔《かお》をしている。

「とにかく、僕《ぼく》も一斗《いっと》もチームをうつるつもりはないよ。この試合《しあい》に、勝《か》つからね」

FC6−1
10

「……ふん」

坂崎《さかざき》は純《じゅん》をにらんでから、走《はし》っていった。

「なんだよ、あいつ……」

「一斗《いっと》。いまは試合《しあい》に集中《しゅうちゅう》しよう」

純《じゅん》が冷静《れいせい》に言《い》った。

「……あぁ」

おれもその言葉《ことば》にうなずいた。

ゴールの前《まえ》に立《た》って、パシッとほおをたたく。

後半《こうはん》も、点《てん》は取《と》らせない……！

――ピーーーッ
刀木《かたなぎ》SC《エスシー》のキックオフで、後半《こうはん》がはじまる。
「あせらず、しっかり守《まも》っていこう！」
おれはみんなの背中《せなか》に声《こえ》をかける。

ゴール前《まえ》にとんできたボールを、つかみとった。

「よし！」

ボールをとったらすぐに純《じゅん》にとどける。それがおれたちの作戦《さくせん》だ。

「純《じゅん》！　いくぞ……」

前《まえ》を見《み》て、おれはボールをけるのをやめた。

純《じゅん》のまわりに、相手《あいて》が３人《にん》も立《た》っている。

『どんなにすごい選手《せんしゅ》だって、３人《にん》や４人《にん》に囲《かこ》まれたら、思《おも》いどおりのプレーはできない』

勇気《ゆうき》が言《い》っていたことを思《おも》いだし、おれはすぐボールをけれない。

しかし純《じゅん》は、おれをまっすぐ見《み》つめていた。

ギラギラと光《ひか》る目《め》が、おれにうったえかけている。

――持《も》ってこい！

「……純《じゅん》、たのむぞ！」

おれはボールを大《おお》きくける。

純《じゅん》がボールを受《う》けとった。するとすぐに、３人《にん》の相手《あいて》がはげしくぶつかる。

なんとかこらえていた純《じゅん》だが、シュートをうてずにボールをうばわれてしまった。

やはり、後半《こうはん》はきびしい戦《たたか》いになりそうだ……。


予想《よそう》したとおり、後半《こうはん》にはいってからFC《エフシー》6年《ねん》1組《くみ》にはピンチがつづいている。

なかでも、学《まなぶ》のミスからのピンチがまだ多《おお》い。キックミスや空振《からぶ》りをして、ボールが相《あい》手《て》にわたってしまう。

「学《まなぶ》、おちつけ！　練習《れんしゅう》を思《おも》いだせば、きっとできる！」

おれがうしろから声《こえ》をかける。

「うん……！」

学《まなぶ》もへこたれない。何度《なんど》失敗《しっぱい》しても、果敢《かかん》にむかっていった。

そこでふたたび、学《まなぶ》のもとへボールがくる。

「え、えいっ！」

学《まなぶ》の足《あし》にあたったボールは、コロコロと……坂崎《さかざき》の前《まえ》にころがった。

「やばいっ！」

坂崎《さかざき》が足《あし》をふりあげる。

ドォンッ！

前半《ぜんはん》よりもスピードのあるボールが、ゴールにむかってくる。

おれはすばやく反応《はんのう》する。

「止《と》める……！」

そこで、おれの目《め》の前《まえ》に人影《ひとかげ》があらわれた。

ミスをした学《まなぶ》が、ゴールを守《まも》るために体《からだ》ごととびこんできた。

「きめさせない！」


パチンッ！

ゴール前《まえ》で、ボールが学《まなぶ》の手《て》にあたってしまった。

「あっ……！」

審判《しんぱん》が笛《ふえ》をふく。

学《まなぶ》がハンドの反則《はんそく》をとられた。

だれにもじゃまをされないでシュートをうつことができる、PK《ピーケー》。

キーパーがシュートを止《と》めるのは、かなりむずかしい。

おれに、止《と》められるのか……？

プレッシャーを感《かん》じているとき、背中《せなか》をつつかれた。

立《た》っていたのは、学《まなぶ》だった。

「ご、ごめん。僕《ぼく》のせいで、こんなことに……」

学《まなぶ》は体《からだ》をふるわせて、おれにあやまってきた。

「…………」

おれは不安《ふあん》をかくして、学《まなぶ》の肩《かた》をたたいた。

「点《てん》がはいったわけじゃないんだぞ？　あやまるなって！」

「でも……」

おれはむりやり笑《わら》ってみせた。

「止《と》めるよ。ゴールは、おれが守《まも》る！」

「う、うん……」

学《まなぶ》は心配《しんぱい》そうにうなずいて、はなれていった。

坂崎《さかざき》がボールをおく。

おれは腕《うで》を大《おお》きくひろげる。

みんなが、おれと坂崎《さかざき》に注目《ちゅうもく》している。

「ぜったい……止《と》めてやる！」

ピ――ッ
審判《しんぱん》の笛《ふえ》を合図《あいず》に、坂崎《さかざき》が助走《じょそう》をはじめる。
シュートをうたれてから止《と》めようとしても、まにあわない。
いちかばちか……！　おれは、右《みぎ》にとんだ。
坂崎《さかざき》がけったボールは――左《ひだり》にとんで、ゴールにはいった。
とうとう、1点《てん》取《と》られてしまった。
「ちくしょうっ！」

おれは拳《こぶし》で地面《じめん》をたたく。

くやしさに、涙《なみだ》がじわっとでる。グラウンドにたおれたまま、起《お》きあがれない。

「起《お》きなよ、一斗《いっと》。下《した》をむくには、はやすぎる」

純《じゅん》がゴール前《まえ》までもどってきて、ボールをひろいあげた。

「だけど……」

「だけどじゃない」

ぴしゃり、と純《じゅん》は言《い》う。


「後悔《こうかい》は、試合《しあい》が終《お》わったあとでいい。いまは、前《まえ》をむくんだ」


前《まえ》をむく純《じゅん》が、首《くび》を曲《ま》げておれを見《み》た。

「まだ同点《どうてん》だ。ゴールはまかせるよ、一斗《いっと》」

「……あぁ」

おれはユニフォームで目元《めもと》をゴシゴシとふいた。

おちこんでいるひまはない……！

パシンッ！

ヒリヒリといたくなるくらい、強《つよ》くほおをたたいた。

同点《どうてん》になったことで、刀木《かたなぎ》SC《エスシー》はいきおいに乗《の》って攻《せ》めてくる。

「くるぞ！　全力《ぜんりょく》で守《まも》ろう！」

おれが声《こえ》をはりあげた。

みんなが力強《ちからづよ》く返事《へんじ》をする。しかし学《まなぶ》だけは、声《こえ》をださなかった。

学《まなぶ》は失点《しってん》の責任《せきにん》を感《かん》じているようだ。プレーも思《おも》いきりがなく、そのせいでまたミスをしてしまう。

おれは学《まなぶ》の背中《せなか》に声《こえ》を送《おく》る。

「学《まなぶ》！　失敗《しっぱい》をおそれるな！」

「でも、でも……」

相手《あいて》はその様子《ようす》を見《み》て、大声《おおごえ》で言《い》う。

「あのメガネをかけたやつのところが穴《あな》だ！」

学《まなぶ》をFC《エフシー》6年《ねん》1組《くみ》の弱点《じゃくてん》ときめつけて、しつこく攻《せ》めてくる。

「あ、うあぁ……」

気《け》おされた学《まなぶ》はすっかり足《あし》が止《と》まっている。

「みんな！」

見《み》かねた勇気《ゆうき》が指示《しじ》をだす。

「学《まなぶ》の分《ぶん》まで、走《はし》るぞ！」

勇気《ゆうき》が先頭《せんとう》に立《た》ち、みんなはいままで以上《いじょう》に走《はし》りまわる。動《うご》けない学《まなぶ》を、全力《ぜんりょく》でカバーする。

「ゆ、勇気《ゆうき》……」

学《まなぶ》がおずおずと言《い》う。

「ごめん。こんなに、迷惑《めいわく》をかけて……」

勇気《ゆうき》が学《まなぶ》の背中《せなか》をパシッとたたいた。

「迷惑《めいわく》なんて言《い》うなよ。助《たす》けあうのが、仲間《なかま》だろ」

「……うん」

「さぁ、全力《ぜんりょく》で守《まも》るぞ！」

学《まなぶ》はこくっとうなずいた。

相手《あいて》ボールで試合《しあい》は再開《さいかい》する。

ボールが坂崎《さかざき》にまわった。おれたちはよりいっそう集中《しゅうちゅう》する。

坂崎《さかざき》はすぐに、シュートをうってきた。

「このシュートは……」

スピードはあるが、コースがあまい。

これなら止《と》められる！

ボールに手《て》をのばした、そのとき。

「……僕《ぼく》が、守《まも》らなきゃ……！」

学《まなぶ》がなんとしてでもシュートをふせごうと、足《あし》をだした。

ボールは学《まなぶ》の足《あし》にあたって、コースが変《か》わってしまった。

「うわっ！」

おれはあわてて反応《はんのう》する。

しかし、まにあわない。

ボールは、ゴールにすいこまれていった。


1対《たい》2。おれたちは、逆転《ぎゃくてん》されてしまった。


おれは、ゴールのなかにころがるボールを、ぼうぜんと見《み》ていた。

——また、守《まも》れなかった……。

みんなは暗《くら》い顔《かお》でうつむく。逆転《ぎゃくてん》されて、さすがにおちこんでいる。

そして学《まなぶ》は、ひざからグラウンドにくずれ落《お》ちた。

「ごめんなさい……！　僕《ぼく》は、僕《ぼく》は……」

学《まなぶ》はふるえた声《こえ》で、おれやみんなに頭《あたま》をさげる。

「や、やめろよ、学《まなぶ》」

「そうだよ。ほら、顔《かお》をあげろって……」

みんなが声《こえ》をかけても、学《まなぶ》は頭《あたま》をさげたままだ。

「みんなが必死《ひっし》に守《まも》ってきたのに、僕《ぼく》のせいで2点《てん》もいれられたんだ！　ごめん、本当《ほんとう》にごめん……！」

学《まなぶ》はとうとう、泣《な》きだしてしまった。

「いまのは、ミスじゃない」

そこで、もどってきた純《じゅん》が学《まなぶ》の肩《かた》に手《て》をおいた。

「必死《ひっし》に守《まも》ろうとした結果《けっか》でしょ。だれも、学《まなぶ》をせめていないよ」

その言葉《ことば》に、みんながうなずいた。

学《まなぶ》は涙《なみだ》がたまっている目《め》で、純《じゅん》を見《み》あげる。

「でも……僕《ぼく》はまた、みんなの足《あし》をひっぱったんだ」

涙《なみだ》をふいた学《まなぶ》は、ぽつりと言《い》った。

「……僕《ぼく》がどんなに努力《どりょく》しても、ムダだったんだ……」

「そんなこと、ぜったいにない！」

おれは大声《おおごえ》で言《い》った。

「この試合《しあい》では、まだ努力《どりょく》は実《みの》っていないかもしれない。……でも！　ぜったいに、努力《どりょく》はムダにならない！」

おれは学《まなぶ》の肩《かた》をつかむ。顔《かお》をのぞきこむようにして、目《め》をあわせる。

「まだ試合《しあい》は終《お》わってない！　いっしょに戦《たたか》ってくれ！」

「一斗《いっと》……」

学《まなぶ》は鼻《はな》をすすりながら、ようやく立《た》ちあがった。

「みんな」

純《じゅん》がおれたち7人《にん》を見《み》て、言《い》う。

「時間《じかん》はまだある。僕《ぼく》がかならず点《てん》を取《と》ってくる。だからみんなは、もう点《てん》を取《と》られないように、いままで以上《いじょう》に守《まも》りをかためてほしい」

しずんだ顔《かお》のみんなに、純《じゅん》は笑《わら》ってみせた。

「僕《ぼく》はみんなを信《しん》じている。だからみんなも、僕《ぼく》を信《しん》じて」

純《じゅん》はボールを持《も》って、走《はし》っていった。

FC6
FC6－1
4
FC6－
10
FC6－1
2

第《だい》4章《しょう》

これがFC6年1組《おれたち》のサッカーだ！

もうどれだけシュートをうたれただろうか。
いまだに攻《せ》められっぱなしのFC《エフシー》6年《ねん》1組《くみ》。
おれはうしろから声《こえ》をかける。
「全員《ぜんいん》でたえるぞ！　がんばろう！」
……おう……
みんなの声《こえ》は小《ちい》さい。息《いき》をきらして、ひざに手《て》をついている。
全力《ぜんりょく》でゴールを守《まも》ってきたみんなの体力《たいりょく》は、どんどんなくなっているみたいだ。

試合《しあい》の時間《じかん》も、じわじわと減《へ》っていく。

このままで勝《か》てるのだろうか……？

みんなのなかにあせりがではじめてきたとき、手《て》をたたく音《おと》がした。

「顔《かお》をあげろ！　試合《しあい》はまだまだこれからだ！」

キャプテンの勇気《ゆうき》がみんなをはげます。

勇気《ゆうき》は、だれよりもグラウンドを走《はし》りまわっていて、だれよりもつかれているはずなのに、前向《まえむ》きな声《こえ》をだしてキャプテンとしてチームをまとめている。

「……よし、とったぞ！」

勇気《ゆうき》がボールをうばった。前《まえ》にいる純《じゅん》に、ボールをだそうとする。

それをふせごうとした相手《あいて》が足《あし》をだす。

相手《あいて》の足《あし》が、勇気《ゆうき》の右足《みぎあし》にひっかかってしまった。

「ぐっ！」

勇気《ゆうき》は苦《くる》しそうにさけんで、グラウンドにたおれた。

審判《しんぱん》が笛《ふえ》をならした。

「勇気《ゆうき》！」

おれはゴールをはなれてかけ寄《よ》った。

勇気《ゆうき》がゆっくりと体《からだ》を起《お》こす。

「だいじょうぶかっ？」

おれは肩《かた》をつかんでたずねる。

「あ、あぁ」

うなずく勇気《ゆうき》だったが、立《た》ちあがったとたん、顔《かお》をゆがめた。

「っ……！」

勇気《ゆうき》は右足《みぎあし》の足首《あしくび》をおさえた。

「まさか、ケガしたのか？」

「――いいや。たいしたことない」

……どう見《み》ても強《つよ》がりだ。

おれが勇気《ゆうき》の肩《かた》を抱《だ》く。

「いったん、ベンチで手当《てあ》てを受《う》けたほうがいい」

ベンチでは、マネージャーの円香《まどか》が救急《きゅうきゅう》バッグを用意《ようい》している。

「あぁ……。すぐもどる」

勇気《ゆうき》は歯《は》を食《く》いしばりながら、ベンチにさがっていった。


おれたちのピンチはつづく。

刀木《かたなぎ》SC《エスシー》はダメ押《お》しの3点目《てんめ》を取《と》ろうと、さらに攻《せ》めこんでくる。

「守《まも》るぞ！　ここが、ふんばりどころだっ！」

おれが声《こえ》を送《おく》る。みんなも、もう下《した》をむかない。

しかし、いくら守《まも》っても攻《せ》められつづける状況《じょうきょう》に、苦《くる》しそうな顔《かお》をしている。

とくに、勇気《ゆうき》の顔色《かおいろ》はひどい。

ベンチで手当《てあ》てを受《う》けた勇気《ゆうき》は、すぐにグラウンドにもどってきたが、右足《みぎあし》をひきずっている。走《はし》ることもきつそうだ。

おれはたまらず声《こえ》をかけた。

「無茶《むちゃ》するなよ、勇気《ゆうき》！」

「……だいじょうぶだ」

「やっぱり、さがったほうがいいんじゃないか？」

勇気《ゆうき》は首《くび》を横《よこ》にふる。

「ここで人数《にんずう》が減《へ》ったら、もっと攻《せ》められるだろ」

「でも、勇気《ゆうき》の足《あし》が……！」

「こんなの、どうってことない」

勇気《ゆうき》は右足《みぎあし》の足首《あしくび》に手《て》をあてて、笑《わら》った。

「おれはキャプテンなんだ。こんなケガで試合《しあい》を投《な》げだしたら、せんぱいたちに怒《おこ》られるよ」

そう言《い》いのこして、勇気《ゆうき》はまたボールを追《お》いかけていく。

責任感《せきにんかん》の強《つよ》い勇気《ゆうき》は、FC《エフシー》6年《ねん》1組《くみ》にこめる思《おも》いも人一倍《ひといちばい》強《つよ》い。

ゴールポストにきざまれたメッセージや、サッカーボールに書《か》かれたこれまでのFC《エフシー》6年《ねん》1組《くみ》のメンバーの名前《なまえ》を、すべて覚《おぼ》えているのは、勇気《ゆうき》くらいのものだ。

数《かぞ》えきれないせんぱいたちの思《おも》いをしっかりと心《こころ》にきざんで、勇気《ゆうき》はおれたちをまとめている。

そんなキャプテンとしての思《おも》いが、勇気《ゆうき》の足《あし》を動《うご》かしている。

右足《みぎあし》をひきずりながら、なりふりかまわず、がむしゃらにボールに食《く》らいついていく。

「ぜえ、ぜえ……」

ボールが外《そと》にでて、勇気《ゆうき》は息《いき》をととのえている。

「――もう、あきらめろよ」

とつぜん勇気《ゆうき》にそう言《い》ったのは、坂崎《さかざき》だった。

「あきらめる……？」

「そうだ。この練習試合《れんしゅうじあい》に負《ま》けたって、チームがなくなるだけで、サッカーができなくなるわけじゃないんだろ？」

坂崎《さかざき》は、はき捨《す》てるように言《い》った。

「ケガをしてまでこんな弱小《じゃくしょう》チームにこだわるなんて、バカげている。さっさとあきらめたほうが、楽《らく》に……」

「ぜったいに、あきらめない」

勇気《ゆうき》が坂崎《さかざき》の言葉《ことば》をさえぎった。

「刀木《かたなぎ》SC《エスシー》にとってはただの練習試合《れんしゅうじあい》でも……おれたちにとっては、40年《ねん》以上《いじょう》つづいてきたチームの、運命《うんめい》の試合《しあい》だ」

息《いき》を吸《す》いこんでから、勇気《ゆうき》は力強《ちからづよ》く言《い》った。

「たとえ足《あし》がぶっこわれても……この試合《しあい》に勝《か》って、FC《エフシー》6年《ねん》1組《くみ》を守《まも》る！」

坂崎《さかざき》がふきげんそうに目《め》を細《ほそ》めた。

「……ふん。そうか」

相手《あいて》ボールで試合《しあい》が再開《さいかい》する。

坂崎《さかざき》がボールを持《も》つ。

「だったら……これで、あきらめさせてやるよっ！」

そう言《い》って、シュートをうってきた。

ドオォンッ！

この試合一番《しあいいちばん》のスピードとするどさの、強《きょう》れつなシュート。
みんなが足《あし》をのばして、止《と》めようとするが……とどかない。
おれはボールにとびつく。
「とどいてくれっ……！」
必死《ひっし》にのばしたおれの手《て》も……とどかなかった。
ダメだ。
ボールは、ゴールに……

バチンッ！

はいらなかった。
体《からだ》を投《な》げだした選手《せんしゅ》がゴールにはいる寸前《すんぜん》で、顔面《がんめん》でボールを止《と》めた。
おれはてんてんところがるボールをつかむ。そして、たおれた仲間《なかま》の名前《なまえ》を呼《よ》んだ。

「――学《まなぶ》っ！」

顔面《がんめん》でシュートをブロックしたのは、学《まなぶ》だった。

みんなが学《まなぶ》にかけ寄《よ》る。

ボールがあたった顔《かお》が赤《あか》くはれて、意識《いしき》がはっきりしていない。メガネにもヒビがはいってしまっている。

「学《まなぶ》！　しっかりしろっ！」

学《まなぶ》がうすく目《め》をひらく。

「だいじょうぶなのかっ？」

「意識《いしき》は、あるよな……？」

心配《しんぱい》するおれたちを見《み》て、学《まなぶ》は小《ちい》さな声《こえ》で言《い》った。

「ボールは……どこ？」

おれは学《まなぶ》の目《め》の前《まえ》にボールをかかげた。

「ここにある！　そんなことより……！」

　ボールを見《み》た学《まなぶ》が、安心《あんしん》しきったように言《い》った。

「……よかったぁ」

「なにがよかったんだよ？」

　学《まなぶ》はメガネの位置《いち》をなおしながら笑《わら》った。

「ゴールを、守《まも》れたんだよね」

「こんなに傷《きず》ついても、チームの心配《しんぱい》かよ……！」

　おれは、学《まなぶ》の手《て》に自分《じぶん》の手《て》をか

さねた。

「……守《まも》れたよ。学《まなぶ》のおかげだ！　学《まなぶ》が、おれたちをピンチから救《すく》ってくれたんだよ！」

「……へへ。やったぁ……」

得意《とくい》げに笑《わら》った学《まなぶ》は、息《いき》を切《き》らしながらおれにつたえる。

「一斗《いっと》。はやく、純《じゅん》にボールを、つなげて……」

「――わかった……！」

おれは立《た》ちあがる。

「純《じゅん》っ！」

これは、学《まなぶ》が死《し》にものぐるいで守《まも》ったボールだ。

希望《きぼう》をこめて、純《じゅん》にたくす！

「ぜったい、点《てん》を取《と》ってくれ！」

純《じゅん》がボールを足《あし》で止《と》めた。


つぎの瞬間《しゅんかん》。

前《まえ》に相手《あいて》がいるにもかかわらず、純《じゅん》はシュートの体勢《たいせい》にはいった。

「――これは、きめなきゃいけないボールだ。つないでくれた、仲間《なかま》のためにっ！」

純《じゅん》が足《あし》をふりぬく。シュートはごう音《おん》をたてて相手《あいて》ゴールにとんでいく。

「ぐっ……！」

相手《あいて》のキーパーの指先《ゆびさき》がボールにかする。

それでも、ボールはゴールにむかっていく。

おれたちは、みんなで声《こえ》をそろえた。

『はいれぇっ！』

パアンッ！

ゴールポストにはじかれるボールの音《おと》が、むなしくひびく。

ゴールに、はいらなかった……。

「――まだだっ！」

ボールはゴール前《まえ》でバウンドしている。
純《じゅん》は走《はし》りだした。

「うおぉおおぉおっ！」

ひたすらゴールだけを見《み》て、純《じゅん》は頭《あたま》からボールにつっこむ。
ザザァッ！
純《じゅん》はいきおいそのままに、ゴールのなかにとびこんだ。

ゴールネットが、純《じゅん》とボールを受《う》け止《と》めた。
同点《どうてん》のゴールが、きまった！

『よっしゃぁああぁ！』

みんながいっせいにガッツポーズをした。

それにこたえるように、純《じゅん》は砂《すな》まみれのまま拳《こぶし》をつきあげていた。

「純《じゅん》がきめてくれたぞ、学《まなぶ》！」

おれは学《まなぶ》に肩《かた》を貸《か》して、立《た》ちあがらせる。

「ありがとう、純《じゅん》……」

学《まなぶ》はボールのあとがついた顔《かお》で、ほこらしげに笑《わら》った。

第《だい》5章《しょう》 試《し》合《あい》終《しゅう》了《りょう》！ 勝《しょう》者《しゃ》は……!?

試《し》合《あい》の時《じ》間《かん》はのこりわずかとなってきた。

「攻《せ》めるぞ！　引《ひ》き分《わ》けになんて、なってたまるか！」

坂崎《さかざき》が大声《おおごえ》で言《い》った。

「守《まも》るぞ！　おれたちは、勝《か》たなきゃいけないんだ！」

おれがみんなに声《こえ》をかけた。

いまは、2対《たい》2の同点《どうてん》。

おれたちも刀木《かたなぎ》ＳＣ《エスシー》も、勝《か》つためにはあと1点《てん》取《と》らなきゃいけない。

相手《あいて》は1点《てん》をもぎ取《と》ろうと、攻《こう》げきをしかけてくる。

一気《いっき》におし寄《よ》せてくる相手《あいて》に、おれたちは守《まも》りに追《お》われている。

だからといって、勝《か》つことをあきらめているわけじゃない。

逆転《ぎゃくてん》をするためにも、ここはすべてをかけて守《まも》りきる……！

ボールが外《そと》にでたとき、おれはみんなの背中《せなか》を見《み》わたす。

「もうひとふんばりだ！　最後《さいご》まで……」

そのとき、仲間《なかま》の1人《ひとり》が足《あし》をおさえてうずくまった。

「……勇気《ゆうき》！」

審判《しんぱん》が試合《しあい》を止《と》める。

おれたちは勇気《ゆうき》のまわりに集《あつ》まった。

ベンチから、救急《きゅうきゅう》バッグを持《も》った円香《まどか》が走《はし》ってくる。

「見《み》せてっ！」

勇気《ゆうき》の足首《あしくび》は見《み》たこともないくらい真《ま》っ赤《か》にはれていた。

「ひどい……。こんなの、立《た》っているだけでもやっとの状態《じょうたい》だよ」

円香《まどか》がそう言《い》ったが、勇気《ゆうき》は首《くび》を横《よこ》にふった。

「まだできる。ここで、あきらめられるか……！」

勇気《ゆうき》が立《た》ちあがる。

「……うっ！」

しかし、すぐに体勢《たいせい》をくずしてしまった。

おれが勇気《ゆうき》を受《う》け止《と》めた。

「おちつけ！　まずは手当《てあ》てを……」

「はなしてくれ！」

勇気《ゆうき》はおれの手《て》をふりはらった。

「おれはキャプテンなんだ。FC《エフシー》6年《ねん》1組《くみ》を守《まも》る、責任《せきにん》があるんだ……！」

むりやり走《はし》ろうとして、またバランスをくずす。

そこで勇気《ゆうき》の体《からだ》を受《う》け止《と》めたのは、学《まなぶ》だった。

「――じゃあ、今度《こんど》は僕《ぼく》たちが、勇気《ゆうき》を助《たす》ける！」

力《ちから》の弱《よわ》い学《まなぶ》は、プルプルふるえながらも勇気《ゆうき》をしっかりとささえる。

「勇気《ゆうき》が言《い》ったんじゃないか。助《たす》けあうのが、仲間《なかま》でしょ！」

学《まなぶ》の言葉《ことば》にみんなうなずいた。

「そのとおりだ」

おれは勇気《ゆうき》の反対側《はんたいがわ》の肩《かた》を抱《だ》いて、明《あか》るく笑《わら》ってみせた。

「チームを守《まも》る責任《せきにん》は、1人《ひとり》で背《せ》負《お》うものじゃない。おれたちにも、背負《せお》わせてくれよ」

勇気《ゆうき》は一度《いちど》深呼吸《しんこきゅう》して、静《しず》かに笑《わら》った。

「……あぁ。そうだな」

それから、円香《まどか》がテキパキとケガの手当《てあ》てをした。

「――これでよし！」

「ありがとう」

勇気《ゆうき》がみんなを見《み》まわす。

「ここが正念場《しょうねんば》だ。全員《ぜんいん》で最後《さいご》まで戦《たたか》いきろう。そして……」

その先《さき》は、みんなで声《こえ》をひとつにした。


『ぜったいに、勝《か》つぞッ！』


審判《しんぱん》がちらりと時計《とけい》を見《み》ていた。

もうすぐ試合終了《しあいしゅうりょう》になってしまう。おそらく、これが最後《さいご》のプレーになるだろう。

刀木《かたなぎ》SC《エスシー》は、キーパー以外《いがい》の全員《ぜんいん》で攻《せ》めこんでくる。

おれたちも、この試合一番《しあいいちばん》の集中力《しゅうちゅうりょく》で守《まも》りをかためる。

ボールが、ゴール前《まえ》にけりこまれる。

「きめてやる！」

坂崎《さかざき》が走《はし》りこむ。

「まかせろっ！」

おれがとびだした。

おれと坂崎《さかざき》が、同《おな》じタイミングでジャンプする。

「とどけ……っ！」

タッチの差《さ》で、おれがボールをつかみとった。

「よしっ！」

着地《ちゃくち》をした瞬間《しゅんかん》、背番号《せばんごう》10の背中《せなか》が見《み》えた。

「――純《じゅん》っ！」

だれよりもはやく走《はし》りだしていた純《じゅん》に、ボールを送《おく》った。

「まかせてっ！」

ボールを受《う》けとった純《じゅん》が相手《あいて》のゴールへむかっていく。

坂崎《さかざき》が声《こえ》を荒《あら》らげた。

「もどれ！」

相手《あいて》は猛《もう》ダッシュで追《お》いかけ、ゴール前《まえ》で純《じゅん》に追《お》いつく。

キーパーもとびだし、刀木《かたなぎ》SC《エスシー》全員《ぜんいん》が純《じゅん》を囲《かこ》んだ。

「これで、ゴールを取《と》るなんて、不可能《ふかのう》だ！」

坂崎《さかざき》がボールに足《あし》をのばす。

……そこで、純《じゅん》は笑《わら》った。


「――作戦《さくせん》どおりだ」

トンッ

純《じゅん》が囲《かこ》む相手《あいて》のすきまから、ボールを横《よこ》にけりだした。

FC《エフシー》6年《ねん》1組《くみ》の作戦《さくせん》は、おれたち7人《にん》がゴールを守《まも》って、純《じゅん》1人《ひとり》がゴールをうばいにいく、というものだった。

この試合中《しあいちゅう》、純《じゅん》はパスをまったくしないで相手《あいて》を自分《じぶん》にひきつけた。

そのおかげで、相手《あいて》は完全《かんぜん》に純《じゅん》に気《き》をとられていた。

すべては、このラストパスのためだった。


ボールはころがっている。相手《あいて》のゴールまで、じゃまするものはなにもない。

「——走《はし》ってきてくれるって、信《しん》じていたよ」

純《じゅん》は相手《あいて》に囲《かこ》まれながら、言《い》った。

「みんなで守《まも》ったこのボールを、最後《さいご》にきめるのは……きみしかいない」

坂崎《さかざき》が目《め》を見《み》ひらいてさけぶ。

「なんで……おまえがそこにいるんだよっ！」


純《じゅん》のラストパスに走《はし》りこむのは——おれだ。

おれは自分《じぶん》たちのゴール前《まえ》から、相手《あいて》のゴール前《まえ》まで走《はし》ってきた。

ゴールをめざして、グラウンドをかけぬける。

「一斗《いっと》！」

勇気《ゆうき》がおれの背中《せなか》をおした。

「……いってこい！」

最後《さいご》の力《ちから》をふりしぼった勇気《ゆうき》は、糸《いと》が切《き》れたようにたおれてしまう。

おれはおもわずふりむこうとした。

「前《まえ》だけ見《み》ろ、一斗《いっと》っ！」

勇気《ゆうき》がさけんだ。

「おれたちの……FC《エフシー》6年《ねん》1組《くみ》の思《おも》いをたたきこめっ！」

「――あぁ！」

一歩《いっぽ》、一歩《いっぽ》、おれは前《まえ》に進《すす》む。
そして、ボールが足元《あしもと》にくる。
歯《は》を食《く》いしばる。
足《あし》をふりあげる。

「いっけえええぇ！」

おれは、体《からだ》にのこっているすべての力《ちから》をこめて、シュートをうった。
バサアッ！
ゴールネットがゆれる音《おと》。
ボールはゴールにつきささった。

キーパーのおれが、
ゴールをきめた……！

――ピ――――ッ
審判《しんぱん》の長い笛《ふえ》がなった。

――試合終了《しあいしゅうりょう》の合図《あいず》だ。

「一斗《いっと》っ！」

純《じゅん》が笑顔《えがお》でおれの手《て》をとった。

「僕《ぼく》たちが、勝《か》ったんだよ！」

「――勝《か》った……初勝利《はつしょうり》だ……！」

おれは純《じゅん》の手《て》をにぎりかえす。

「FC《エフシー》6年《ねん》1組《くみ》を、守《まも》ったんだっ！」

「一斗《いっと》！　純《じゅん》！」

名前《なまえ》を呼《よ》ばれて、ゆっくりとふりかえる。

みんなが、おれと純《じゅん》にむかってとびこんできていた。


『やったぁぁぁぁあっ！』


みんなにおしつぶされるようにたおれこむ。

学《まなぶ》が涙《なみだ》ながらに言《い》う。

「これでみんなと、バラバラにならなくていい。これからもこのチームで、みんなとサッカーができるんだ……！」

おれは体《からだ》を起《お》こす。

円香《まどか》の肩《かた》をかりた勇気《ゆうき》が、右足《みぎあし》をひきずりながら歩《ある》いてきていた。

「一斗《いっと》……ありがとう。ゴールを守《まも》って、最後《さいご》はシュートもきめてくれたな」

「おれだけの力《ちから》じゃない――みんなのおかげだよ」

おれは、いっしょに戦《たたか》った仲間《なかま》の顔《かお》をぐるりと見《み》まわした。
純《じゅん》は、1人《ひとり》で2点《てん》もあげて、最後《さいご》のパスのためにたった1人《ひとり》で攻《せ》めていた。
勇気《ゆうき》は、足《あし》をケガしながらも、キャプテンとしてみんなをまとめていた。
学《まなぶ》は、必死《ひっし》にプレーをして絶体絶命《ぜったいぜつめい》のピンチを救《すく》った。
ほかのみんなも、最後《さいご》までずっと全力《ぜんりょく》をだしきってゴールを守《まも》った。
マネージャーの円香《まどか》だって、ケガの手当《てあ》てなど、グラウンドの外《そと》からささえてくれた。
「この試合《しあい》は、だれかが1人《ひとり》でも欠《か》けていたら……きっと勝《か》てなかった」
おれは、うれし涙《なみだ》がこぼれる前《まえ》に、思《おも》いきり笑《わら》った。

「みんながいたから、FC《エフシー》6年《ねん》1組《くみ》を守《まも》れたんだ……！」

みんなは大《おお》きくうなずいてから、肩《かた》を抱《だ》きあう。
初《はじ》めての勝利《しょうり》の喜《よろこ》びを、分《わ》かちあっている。

FC6–
10
1

「……はぁ」

おれは緊張《きんちょう》がとけて、体中《からだじゅう》の力《ちから》が抜《ぬ》けてしまう。

「一斗《いっと》、だいじょうぶ？」

よろけたおれを、純《じゅん》がささえてくれた。

「あぁ……、ありがとう」

「この試合《しあい》、一番《いちばん》がんばったのは、やっぱり一斗《いっと》だよ。……おつかれさま」

おれは純《じゅん》に体重《たいじゅう》をあずける。

「――本当《ほんとう》にありがとう、純《じゅん》。おれたちを、信《しん》じてくれて」

純《じゅん》は明《あか》るく笑《わら》った。

「家族《かぞく》を信《しん》じるのは、あたりまえのことでしょ」

「……そうか、そうだな」

「うん！」

純《じゅん》は笑顔《えがお》のまま、拳《こぶし》をつきだしてきた。

「ナイスシュート、一斗《いっと》」

おれも同《おな》じように、拳《こぶし》をつきだす。

「ナイスパス、純《じゅん》」


そして、2人《ふたり》で拳《こぶし》をあわせた。

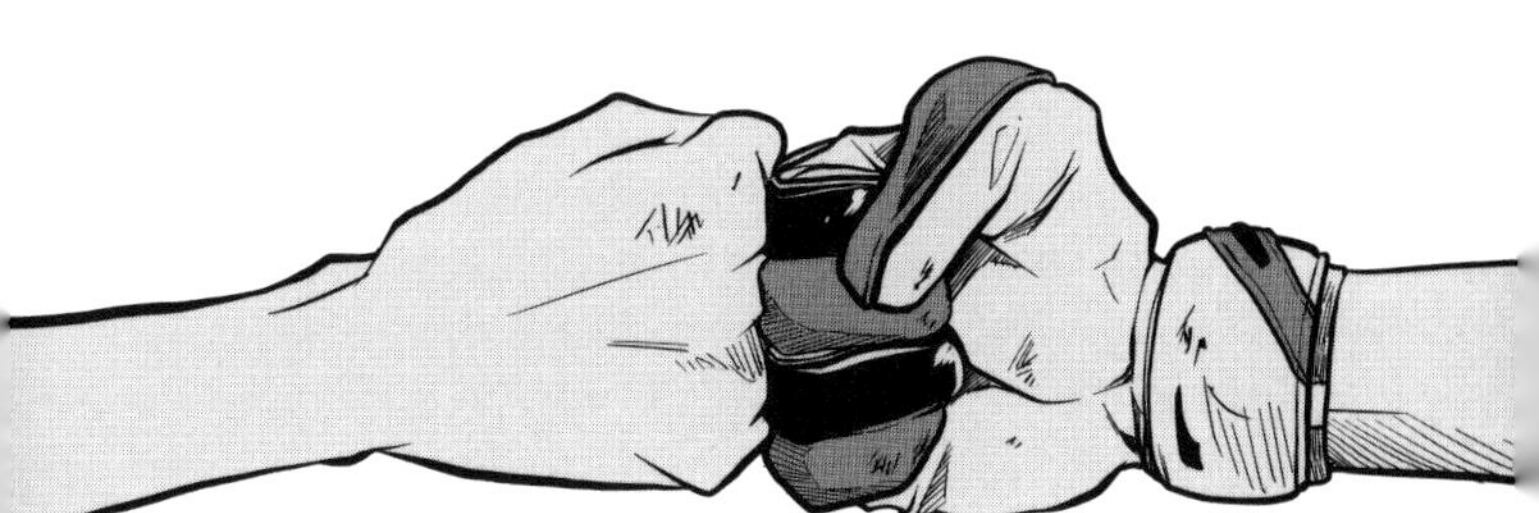

エピローグ

一斗《いっと》と純《じゅん》の約束《やくそく》

運命《うんめい》の試合《しあい》の、つぎの日《ひ》。


おれはサッカーボールを持《も》って家《いえ》をでた。

……朝《あさ》の6時前《じまえ》に。


「ふあぁ……」

ひとつ、大《おお》きなあくびをする。

昨日《きのう》の試合《しあい》のことを思《おも》いだして、いつもよりもはやく目《め》が覚《さ》めてしまった。

「きつかったけど、めちゃくちゃ楽《たの》しかったなぁ……」

目《め》を閉《と》じれば、すぐに試合《しあい》のシーンがよみがえってくる。

シュートがむかってきたときのスリル。ゴールを守《まも》るためにひとつになったみんなの声《こえ》。

そして、シュートをきめたときの快感《かいかん》。

……体《からだ》がうずうずしてきた。

1分《ぷん》でも、1秒《びょう》でもはやく、サッカーがやりたい！

その気持《きも》ちをおさえられず、おれは走《はし》るスピードをあげる。

「みんなはまだきていないだろうから、1人《ひとり》で練習《れんしゅう》するか」

そうつぶやいていると、やがて山ノ下小学校《やまのしたしょうがっこう》が見《み》えてきた。

「……ん？」

耳《みみ》をすませる。

ボールをける音《おと》。聞《き》きなれたにぎやかな声《こえ》。

おれは急《いそ》いで校庭《こうてい》にかけこんだ。

FC《エフシー》6年《ねん》1組《くみ》のメンバーが、サッカーをしていた。

「あ、一斗《いっと》！　おはよう！」

「おそいぞー！」

みんなが元気《げんき》よく声《こえ》をかけてくる。

「なんで、もういるんだ……？」

おれがたずねると、みんなは口《くち》をそろえて言《い》った。

「昨日《きのう》の試合《しあい》を思《おも》いだしたら、すぐにでもサッカーがやりたくなったんだ！」

……考《かんが》えることはみんな同《おな》じか。

それでこそFC《エフシー》6年《ねん》1組《くみ》。

同《おな》じ場所《ばしょ》で、同《おな》じ時間《じかん》をすごしてきた、家族《かぞく》のような仲間《なかま》だ。

「一斗《いっと》、おはよう！」

純《じゅん》がにこっと笑《わら》って、あいさつをしてきた。

「おはよう」

「待《ま》ちくたびれたよ、一斗《いっと》。はやくシュートを受《う》けてよ！」

純《じゅん》は目《め》をキラキラかがやかせながら、ゴールを指《ゆび》さした。

「あぁ、望《のぞ》むところだ！」

「今日《きょう》も僕《ぼく》が勝《か》ちこすけどね」

「今日《きょう》こそおれが全部《ぜんぶ》止《と》めてやる！」

ランドセルを放《ほう》り投《な》げて、おれはゴールの前《まえ》に立《た》つ。

「ん？」

ゴールポストに目《め》がとまる。

見覚《みおぼ》えのない、新《あたら》しい文字《もじ》がきざまれていた。


『これからも、うしろはまかせた。きみがゴールを守《まも》ってくれ』


……おれはおもわず笑《わら》ってしまった。

「一斗《いっと》！　ボールちょうだい！」

純《じゅん》が大《おお》きく手《て》をふっている。

「あぁ。ちょっと待《ま》ってろ！」

おれは近《ちか》くにあった石《いし》で、となりに書《か》きこんだ。

『これからも、前《まえ》はまかせた。おまえがゴールをうばってこい』

「いくぞっ！」

「うんっ！」

おれは、大《おお》きくボールをけりあげた。

つづく

『ＦＣ《エフシー》6年《ねん》1組《くみ》』を読《よ》んでいただき、ありがとうございます！

はじめまして、河端朝日《かわばたあさひ》と申《もう》します。本作《ほんさく》で作家《さっか》としてデビューさせていただきました。

僕《ぼく》が初《はじ》めてみらい文庫大賞《ぶんこたいしょう》に作品《さくひん》を応募《おうぼ》したのは、中学《ちゅうがく》3年生《ねんせい》のときでした。それから応募《おうぼ》を続《つづ》けて、このたび『ＦＣ《エフシー》6年《ねん》1組《くみ》』を出版《しゅっぱん》させてもらうこととなりました。

僕《ぼく》は小学生《しょうがくせい》のころからサッカーをしていたので、サッカーの小説《しょうせつ》を書《か》くことになり、その経験《けいけん》を思《おも》い返《かえ》しました。僕《ぼく》はフォワードをやっていました。純《じゅん》のような天才《てんさい》ストライカーではなかったですが……。

サッカーをやっていたとき、楽《たの》しいことばかりではありませんでした。練習《れんしゅう》がつらかったこともあれば、試合《しあい》に負《ま》けてくやしかったこともありました。

そんな経験《けいけん》から浮《う》かんできたのが、この一斗《いっと》のセリフです。

『試合《しあい》に勝《か》った喜《よろこ》びも、家族《みんな》といっしょに感《かん》じたい……！』

ＦＣ《エフシー》6年《ねん》1組《くみ》は、試合《しあい》をしては負《ま》けてばかりで、周《まわ》りから冷《つめ》たい言葉《ことば》を浴《あ》びせられる。

一斗《いっと》たちにも、つらかったことやくやしかったことがたくさんありました。

それでも、さまざまな気持《きも》ちを共有《きょうゆう》した仲間《なかま》といっしょだからこそ、ＦＣ《エフシー》6年《ねん》1組《くみ》はどんな困難《こんなん》にも立《た》ち向《む》かっていけるのです。

サッカーは1人《ひとり》ではできません。もしもできたとしても、それはとてもさみしいことだと思《おも》います。仲間《なかま》といっしょに戦《たたか》った先《さき》に、大《おお》きな喜《よろこ》びがあるはずです。

みなさんにも、うれしいことやつらいことをいっしょに感《かん》じる仲間《なかま》はいますか？

『FC《エフシー》6年《ねん》1組《くみ》』を読《よ》んで、仲間《なかま》の大切《たいせつ》さを感《かん》じてもらえたら、うれしい限《かぎ》りです。

僕《ぼく》はこの作品《さくひん》で「作家《さっか》になる」という一《ひと》つの夢《ゆめ》を叶《かな》えました。しかしこのことも、1人《ひとり》で成《な》しとげたのではありません。

一斗《いっと》に6年《ねん》1組《くみ》の仲間《なかま》たちがいるように、僕《ぼく》にもたくさんの人《ひと》たちがいてくれたから、夢《ゆめ》を叶《かな》えることができました。

迫力《はくりょく》のある絵《え》で一斗《いっと》たちに命《いのち》を吹《ふ》きこんでくれた千田純生《ちだじゅんせい》さん。

僕《ぼく》に全力《ぜんりょく》で向《む》き合《あ》ってくれた集英社《しゅうえいしゃ》みらい文庫編集部《ぶんこへんしゅうぶ》の方々《かたがた》。

この本《ほん》のために力《ちから》を貸《か》していただいた関係者《かんけいしゃ》のみなさま。

どんなときも「がんばろう」と背中《せなか》を押《お》してくれた家族《かぞく》や友人《ゆうじん》。

インタビューにご協力《きょうりょく》いただいた少年《しょうねん》サッカー指導者《しどうしゃ》の方々《かたがた》。
熱《あつ》いプレーを見《み》せてくれた全国《ぜんこく》のサッカー少年《しょうねん》・少女《しょうじょ》のみなさん。
そして、いまこの本《ほん》を読《よ》んでくれている読者《どくしゃ》のみなさん。
すべての人《ひと》への感謝《かんしゃ》を胸《むね》に、これからもかんばっていきたいです。
FC《エフシー》6年《ねん》1組《くみ》のみんなと同《おな》じく、毎日《まいにち》の努力《どりょく》あるのみ！
最後《さいご》の最後《さいご》まで読《よ》んでいただき、ありがとうございました！

河端《かわばた》朝日《あさひ》

集英社みらい文庫

FC《エフシー》6年《ねん》1組《くみ》

クラスメイトはチームメイト！ 一斗《いっと》と純《じゅん》のキセキの試合《しあい》

河端朝日《かわばたあさひ》 作
千田純生《ちだじゅんせい》 絵

ファンレターのあて先
〒101-8050 東京都千代田区一ツ橋2-5-10 集英社みらい文庫編集部
いただいたお便りは編集部から先生におわたしいたします。

2018年6月27日 第1刷発行

発行者 北畠輝幸
発行所 株式会社 集英社
〒101-8050 東京都千代田区一ツ橋2-5-10
電話 編集部 03-3230-6246
読者係 03-3230-6080
販売部 03-3230-6393（書店専用）
http://miraibunko.jp
装丁 諸橋 藍（釣巻デザイン室） 中島由佳理
印刷 大日本印刷株式会社 凸版印刷株式会社
製本 大日本印刷株式会社

ISBN978-4-08-321443-1 C8293 N.D.C.913 164P 18cm

解《かい》散《さん》の危《き》機《き》を乗《の》りこえた
FC《エフシー》6年《ねん》1組《くみ》の次《つぎ》なる戦《たたか》いは…
全《ぜん》国《こく》大《たい》会《かい》出《しゅつ》場《じょう》をかけた大《おお》一《いち》番《ばん》!?

みんな次《つぎ》も絶《ぜっ》対《たい》に読《よ》んでくれよ!!

第《だい》2弾《だん》!!!

走《はし》りだした一《いっ》斗《と》や純《じゅん》の熱《あつ》き戦《たたか》いを見《み》逃《のが》すな!!

FC《エフシー》6年《ねん》1組《くみ》

2018年《ねん》10月《がつ》26日《にち》(金《きん》)発《はつ》売《ばい》予《よ》定《てい》!!

伝説《でんせつ》が1冊《さつ》になった！

夏《なつ》の甲子園《こうしえん》100回大会記念《かいたいかいきねん》！
甲子園《こうしえん》の伝説《でんせつ》ランキングを大発表《だいはっぴょう》！
怪物投手《かいぶつとうしゅ》、ホームラン王《おう》、激闘《げきとう》の延長戦《えんちょうせん》、奇跡《きせき》の逆転劇《ぎゃくてんげき》、因縁《いんねん》のライバル、涙《なみだ》の一球《いっきゅう》、伝説《でんせつ》の大記録《だいきろく》、感動《かんどう》のドラマ、100年《ねん》の歴史《れきし》のなかでナンバー1にかがやくのは…!?

春《はる》夏《なつ》、2年《ねん》連続《れんぞく》で甲子園《こうしえん》を制《せい》した〝連覇《れんぱ》王《おう》〟

あと一歩《いっぽ》で栄光《えいこう》を逃《のが》した〝悲運《ひうん》王《おう》〟

スピードキングは俺《おれ》だ！ 甲子園《こうしえん》の〝速球《そっきゅう》王《おう》〟

ボールがあたらない！ 甲子園《こうしえん》の〝奪三振《だつさんしん》王《おう》〟

飛《と》ばして、飛《と》ばして、飛《と》ばしまくった〝ホームラン王〟

甲子園《こうしえん》でかがやいたポイントゲッター〝打点《だてん》王《おう》〟

〝俺《おれ》の得意技《とくいわざ》〟で暴《あば》れまわった〝個性派《こせいは》王《おう》〟

甲子園《こうしえん》100年《ねん》

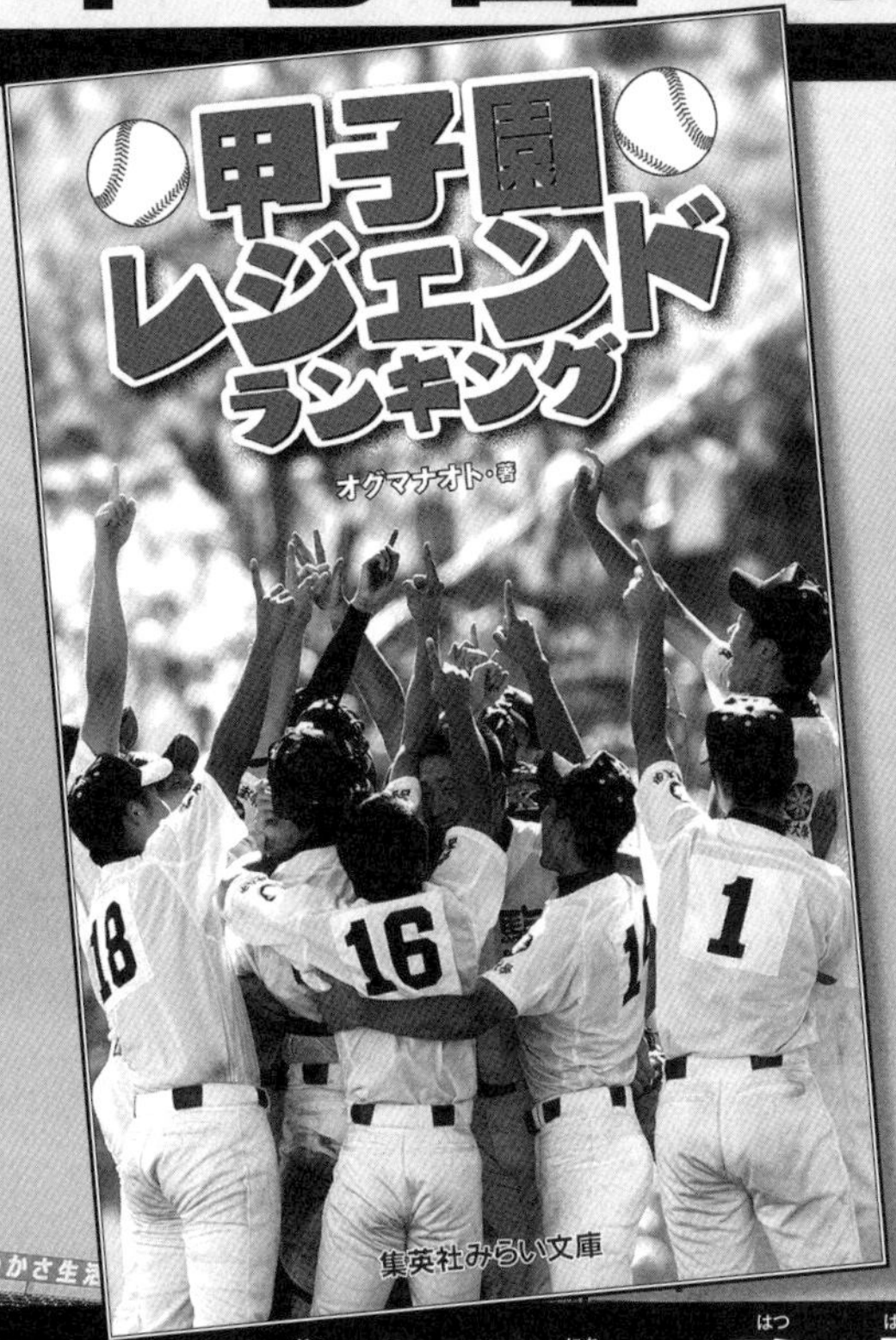

甲子園《こうしえん》レジェンドランキング

著《ちょ》・オグマナオト

定価《ていか》：本体《ほんたい》640円《えん》＋税《ぜい》

2018年《ねん》7月《がつ》20日《にち》（金《きん》）発売予定《はつばいよてい》！

甲子園《こうしえん》スーパースター列伝《れつでん》

著《ちょ》・オグマナオト

編《へん》・『野球太郎《やきゅうたろう》』編集部《へんしゅうぶ》

コチラも絶賛発売中《ぜっさんはつばいちゅう》!!

給《きゅう》食《しょく》がここにある!
絶《ぜっ》対《たい》
読《よ》んでくれよ!

だれが最《さい》後《ご》まで
集英社みらい文庫
生き残りゲーム
ラストサバイバル
大久保開 作
北野詠一 絵
かけめぐれ無人島！
サバイバルアドベンチャー
第《だい》4弾《だん》
かけめぐれ無人島《むじんとう》！
サバイバルアドベンチャー
2018年《ねん》7月《がつ》20日《にち》(金《きん》)発売《はつばい》！
生《い》き残《のこ》りゲーム
ラストサバイバル
大久保開《おおくぼひらく》作《さく》　北野詠一《きたのえいいち》絵《え》

シリーズ絶《ぜっ》賛《さん》発《はつ》売《ばい》中《ちゅう》!!

イラスト・フルカワマモる

実況《じっきょう》！ 空想《くうそう》サッカー研究所《けんきゅうじょ》
もしも織田信長《おだのぶなが》がW杯《ワールドカップ》に出場《しゅつじょう》したら
作《さく》・清水英斗《しみずひでと》

実況《じっきょう》！ 空想《くうそう》サッカー研究所《けんきゅうじょ》
もしも織田信長《おだのぶなが》が日本代表監督《にほんだいひょうかんとく》だったら
作《さく》・清水英斗《しみずひでと》

実況《じっきょう》！ 空想《くうそう》野球《やきゅう》研究所《けんきゅうじょ》
もしも織田信長《おだのぶなが》がプロ野球《やきゅう》の監督《かんとく》だったら
作《さく》・手束《てづか》 仁《じん》

空《くう》想《そう》研《けん》究《きゅう》所《じょ》

実《じっ》況《きょう》! 空《くう》想《そう》武《ぶ》将《しょう》研《けん》究《きゅう》所《じょ》
もしも坂本龍馬《さかもとりょうま》が戦国武将《せんごくぶしょう》だったら
作《さく》・小竹洋介《こだけようすけ》

実《じっ》況《きょう》! 空《くう》想《そう》武《ぶ》将《しょう》研《けん》究《きゅう》所《じょ》
もしも織田信長《おだのぶなが》が校長先生《こうちょうせんせい》だったら
作《さく》・小竹洋介《こだけようすけ》

実《じっ》況《きょう》! 空《くう》想《そう》武《ぶ》将《しょう》研《けん》究《きゅう》所《じょ》
もしもナポレオンが戦国武将《せんごくぶしょう》だったら
作《さく》・小竹洋介《こだけようすけ》

「みらい文庫《ぶんこ》」読者《どくしゃ》のみなさんへ

言葉《ことば》を学《まな》ぶ、感性《かんせい》を磨《みが》く、創造力《そうぞうりょく》を育《はぐく》む……、読書《どくしょ》は「人間力《にんげんりょく》」を高《たか》めるために欠《か》かせません。たった一枚《いちまい》のページをめくる向《む》こう側《がわ》に、未知《みち》の世界《せかい》、ドキドキのみらいが無限《むげん》に広《ひろ》がっている。これこそが「本《ほん》」だけが持《も》っているパワーです。

学校《がっこう》の朝《あさ》の読書《どくしょ》に、休《やす》み時間《じかん》に、放課後《ほうかご》に……。いつでも、どこでも、すぐに続《つづ》きを読《よ》みたくなるような、魅力《みりょく》に溢《あふ》れる本《ほん》をたくさん揃《そろ》えていきたい。読書《どくしょ》がくれる、心《こころ》がきらきらしたり胸《むね》がきゅんとする瞬間《しゅんかん》を体験《たいけん》してほしい、楽《たの》しんでほしい。みらいの日本《にほん》、そして世界《せかい》を担《にな》うみなさんが、やがて大人《おとな》になった時《とき》、「読書《どくしょ》の魅力《みりょく》を初《はじ》めて知《し》った本《ほん》」「自分《じぶん》のおこづかいで初《はじ》めて買《か》った一冊《いっさつ》」と思《おも》い出《だ》してくれるような作品《さくひん》を一所懸命《いっしょけんめい》、大切《たいせつ》に創《つく》っていきたい。

そんないっぱいの想《おも》いを込《こ》めながら、作家《さっか》の先生方《せんせいがた》と一緒《いっしょ》に、私《わたし》たちは素敵《すてき》な本作《ほんづく》りを続《つづ》けていきます。「みらい文庫《ぶんこ》」は、無限《むげん》の宇宙《うちゅう》に浮《う》かぶ星《ほし》のように、夢《ゆめ》をたたえ輝《かがや》きながら、次々《つぎつぎ》と新《あたら》しく生《う》まれ続《つづ》けます。

本《ほん》を持《も》つ、その手《て》の中《なか》に、ドキドキするみらい――。

本《ほん》の宇宙《うちゅう》から、自分《じぶん》だけの健《すこ》やかな空想力《くうそうりょく》を育《そだ》て、〝みらいの星《ほし》〟をたくさん見《み》つけてください。

そして、大切《たいせつ》なこと、大切《たいせつ》な人《ひと》をきちんと守《まも》る、強《つよ》くて、やさしい大人《おとな》になってくれることを心《こころ》から願《ねが》っています。

2011年《ねん》　春《はる》

集英社《しゅうえいしゃ》みらい文庫《ぶんこ》編集部《へんしゅうぶ》